레모네이드 할머니

레모네이드 할머니

현이랑
장편소설

황금가지

차례

1 늙은것들은 어쩔 수 없어

"아, 아아아…… 아아! 아……."

할머니의 앓는 소리가 또 식당을 울립니다.

할머니는 오늘도 아이들 앞에서 당뇨병 주사를 놓습니다. 마치 마약을 맞는 것처럼 신음을 요란하게 내면서요. 식당에서 노인들에게 파스타가 담긴 접시를 내주던 웨이터가 물 잔을 내려놓던 다른 웨이터에게 혀를 차며 말하네요.

"아이고, 할머님 또 저러시네."

웨이터 복장을 한 의사가 할머니를 말리기 위해 달려오고 할머니는 더욱 보란 듯이 큰 소리를 내며 주사기 피스톤을 눌러요. 아이들이 눈을 휘둥그레 뜨고 한 걸음씩 물러납니다. 미친 사람처럼 눈을 까뒤집고 주사기를 누르는 할머니는 마치 괴물 같아요.

"할머님!"

"하아……."

웨이터 복장의 의사가 곁에 다가와 서자 할머니가 약을 다 넣고 손을 떼요. 휴우 하며 땀을 닦는 모습이 100미터 달리기를 하고 온 사람 같아요. 자신에게 꽃을 주려던 아이들이 물러나자 제 할일을 다했다는 듯 만족하는 모습이에요.

"할머니."

할머니가 앉은 의자에 손을 얹은 의사가 어르듯 부르자 할머니는 오히려 한쪽 눈썹을 치켜세워요.

"그럼 내가 이 나이에 화장실 가서 당뇨 주사를 맞아야겠소?"

"저한테 부탁하시면 되잖아요. 저 의사예요."

"의사들은 못 미더워! 죄 돌팔이들이야!"

할머니가 오히려 호통을 쳐요. 곁에 선 젊은 직원이 입술을 삐죽 내밀어요. 서이수 의사예요. 할머니는 볼일 끝났으니 가 보라는 듯 손을 휘휘 내젓습니다.

"정말 막무가내시라니깐."

"어쩌겠어. 도란마을 땅 주인인데. 저분 한마디면 여기 사람들 다 짐 싸고 나가야 한다며."

"아무리 그래도 그렇지. 애들만 다가오면 저렇게 겁을 주시나 그래."

"냅둬. 늙은것들은 어쩔 수 없어."

직원들이 할머니 몰래 수군거려요.

이수 씨는 할머니를 조금 지켜보는가 싶더니 다른 노인들에게 줄 음식을 가지러 주방에 들어가네요. 이수 씨는 할머니가 안타까운가 봐요. 할머니는 아이들이 다가오기만 하면 저렇게 행동하곤 해요. 오늘은 아이들이 노인들을 위로하려고 꽃을 나눠주는 행사라 그냥 꽃이나 받고 말면 될 것을. 할머니가 무섭게 굴면 가끔은 소리를 지르거나 울며 달아나는 아이들도 있죠. 할머니는 언제나 도망가는 아이들을 뚱한 눈으로 쳐다보기만 할 뿐 다시 태연하게 자기 일상으로 돌아가요. 지금 크림파스타를 포크에 돌돌 말아 입에 넣는 것처럼요.

"……."

할머니가 크림파스타를 입에 넣다 말고 멈추네요. 오른쪽에서 느껴지는 시선이 따가워요. 고개를 돌리지 않아도 시선의 각도를 느낄 수 있어요. 오른쪽 아래 45도. 꼬마예요. 할머니는 어린이라면 질색한답니다. 어린이에게 동정받는 것이라면 더 싫어하죠. 늙은 것도 짜증나는데 효도랍시고 치대는 건 화가 난다나 봐요. 할머니가 입가로 가져가려던 포크를 내려놓고 시선의 근원을 향해 고개를 돌려요.

"뭐냐."

작은 남자아이예요. 겨우 유치원에나 들어갔을까 싶은.

9

쌍꺼풀진 큰 눈의 할머니가 사백안을 만들고 노려봐요.

"……."

"……."

오호라. 바가지 머리를 한 남자아이는 지지 않고 할머니를 쳐다봐요. 아이가 어른의 눈을 하고 있어요. 조용한 갈색 눈동자예요. 눈빛이 너무 깊어서 쳐다보는 어른을 머쓱하게 만드는 그런 눈이군요. 할머니는 아이가 보통의 아이들과 다르다는 걸 눈치 채요. 아이는 할머니를 관찰하고 있어요. 할머니도 사백안을 풀고 아이를 관찰해요. 그러자 아이는 갑자기 다른 쪽으로 가 버리네요. 할머니가 눈으로 아이의 뒷모습을 좇아요. 아이가 입은 하늘색 반바지가 금세 시야에서 사라집니다.

'누구네 손자지.'

말아 두었던 크림파스타를 입안으로 넣으며 할머니가 생각해요.

'영국 왕세손 같이 차려입었던데, 반듯한 행색으로 보아하니 분명 도란마을의 부자 노인들 손자 중 하나일 거야.'

여기 들어온 노인들은 하나같이 돈이 많고, 그 자식들은 그 돈 때문에 그들을 찾아오며, 그 손자들은 그 돈으로 윤이 철철 흐르게 꾸며요. 할머니도 부자지만 그녀는 손자가 없어요. 자식도 없고요. 그러니 그녀를 귀찮게 하는 사람은 없습니다. 가끔 변호사가 찾아오기는 하지만 그것도 곧 그만둘 거예요.

할머니가 노인들의 건강을 위해 영양적으로 완벽하게 조리된 파스타를 대충 먹고 일어나요. 냅킨으로 입가를 훔치고 투명한 플라스틱 컵에 담겨 있던 레모네이드를 들고 일어나네요. 노인들에게 바구니에 든 장미꽃을 주던 아이들이 할머니가 지나가자 주춤거리며 물러나요. 장미꽃 향기가 진동하네요. 할머니는 그게 악취라도 된다는 듯 얼굴을 찌푸려요. 할머니가 자리를 이동하자 식당 바깥에 서 있던 직원이 몇 걸음 뒤에서 따라붙네요. 유니폼 대신 일상복을 입고 있어서 직원이라는 티는 나지 않지요.

할머니는 점심을 먹고 수영장에 가는 걸 좋아해요. 수영을 하러 가는 건 아니고요. 점심을 먹고 선베드에 누워 일광욕을 해요. 수영장이래야 무릎 정도 높이의 물이 차 있는 연못 같은 곳이지만 혹시나 노인들이 빠져 죽을까 봐 남자 간호사가 안전요원 옷을 입고 상주하고 있어요. 할머니가 안전요원에게 눈인사를 하고 선베드에 앉아요.

할머니가 파라솔 아래의 선베드에 앉아 파랗게 반짝이는 수영장 바닥을 내려다봐요. 평소 같으면 오후의 고양이

처럼 늘어지게 하품을 하며 낮잠을 잤어야 하는 시간이에
요. 하지만 할머니는 생각에 잠겨 있어요. 아마 2주 전에 일
어난 사건을 생각하는가 봐요.

2주 전 그 사건이 일어났을 때도 할머니는 수영장에 있었
어요. 그때도 점심을 먹고 선베드에 누워 있었죠. 레모네이
드와 함께요. 선글라스를 끼고 햇빛을 만끽하고 있었어요.
따뜻한 볕을 느끼려는 노인들이 복사한 듯 똑같은 자세로
바르게 누워 있으니 마치 남국의 휴양지 같은 모양새였죠.

"아악!"

수영장 너머 쓰레기 처리장 쪽에서 여자 비명소리가 났
어요. 누워서 빨대로 레모네이드를 마시던 할머니가 벌떡
일어났죠. 도란마을에서 큰소리가 나는 건 흔치 않은 일이
에요. 노인들이 불안해 할까 봐 모두 낮은 소리로 천천히
얘기하도록 되어 있거든요. 불안해진 노인들이 웅성댔어요.
할머니는 슬리퍼를 신고 쓰레기장으로 달려갔죠. 아, 할머
니는 달리진 못해요. 한쪽 다리가 불편해서 지팡이를 짚고
다니거든요. 말이 그렇다는 거죠. 두 달 전에 들어온 할머
니는 조용하고 반복되는 도란마을 생활에 신물이 났어요.
비명소리가 났다는 건 뭔가 비일상적인 일이 생겼다는 뜻
이었죠.

쓰레기장으로 가니 직원 셋이 있었어요. 요양보호사 하나, 서이수 의사 그리고 주저앉은 쓰레기장 담당 안나 여사. 안나 여사가 바닥에 있는 뭔가를 가리키며 벌벌 떨고 있었죠.

"저기…… 비닐봉지 안에……."

안나 여사가 가리킨 곳에는 형체를 알 수 없는 무언가가 반쯤 벗겨진 비닐봉지 속에 들어 있었어요. 오물로 뒤덮여 지독한 냄새가 났죠. 음식물 쓰레기통이 열린 것을 보니 누군가 비닐봉지째로 쓰레기를 버렸던가 봐요. 그걸 정리하려던 안나 여사가 안에 든 걸 보고 기겁해서 비명을 지른 거였죠.

아기였어요.

할머니는 보았어요. 눈코입 다 달린 그것을. 그 손바닥만 한 것이 세상이 싫다는 듯 한껏 몸을 웅크리고 두 주먹을 꼭 쥐고 있었죠. 할머니는 홀린 듯 그것을 쳐다보았어요. 그제야 직원들이 서 있던 할머니를 발견했죠. 놀란 직원들이 할머니를 데리고 다른 곳으로 갔어요. 할머니는 자신을 껴안고 자리를 옮기는 요양보호사의 심장 소리를 똑똑히 들었죠. 자신의 심장은 느리고 차분했지만 그의 심장은 치타에게 쫓기는 가젤처럼 빨랐어요.

곧 경찰이 오더군요. 주민들이 불안해 할까 봐 사이렌 소리를 줄이고요. 그 후로 며칠 동안 직원들이 할머니를 주시하는 것이 느껴졌어요. 오히려 놀라고 상처받은 쪽은 그들인 것 같아 보였는데도요. 할머니의 심장은 이미 늙을 대로 늙어서 웬만한 일에는 놀라지 않아요. 할머니는 살면서 겪은 놀라운 일들에 심장까지 주름이 자글자글해져 버렸거든요. 하지만 그들이 귀찮게 할까 봐 할머니는 놀란 척 연기를 했어요. 자기 방 침대에서 이틀을 안 나왔죠. 직원들의 극진한 간호를 받으며 나은 척을 했더니 믿어 주었어요. 젊은 사람들은 이렇게 늙은이들을 귀찮게 한답니다.

할머니는 눈부시게 투명한 수영장을 바라보며 생각해요. 특유의 촉이 발동하나 봐요. 할머니는 한때 사채를 좀 한 적이 있거든요. 돈을 빌려줄 땐 앉아서 빌려주지만 받을 땐 서서 받는다고, 돈을 받으려면 이런저런 감각을 동원해야 하거든요. 그간 있었던 일을 모두 얘기할 수는 없지만 할머니는 때론 아주 잔인했답니다.

'누가 죽었을까. 이 이상한 마을에서 아기가 죽었다. 신생아가. 누구 짓일까? 엄마? 아빠? 아니면 제3의 인물? 어째서 이렇게 조용하지? 아기는 강보에 싸인 것도 아니야. 비닐봉지에 버려졌어. 누군가 아기를 아기 엄마한테서 훔친 걸까? 그럼 아기 엄마는 어디 있지? 아기 엄마는 왜 울지 않

지? 아기를 낳은 걸 숨기고 싶었나?'

할머니는 궁금했어요. 영아 살해 사건이라니. 지루한 요 양병원 생활의 일상을 완벽히 벗어난 사건이었죠. 할머니가 선베드 옆의 탁자를 더듬어 레모네이드를 찾았어요. 할머니가 점심 식사 후 선베드에 앉아 있을 때 주로 먹는 건 레모네이드예요. 레모네이드의 신맛이 입안에서 침샘을 폭발시키고 시원하면서도 새콤달콤한 맛이 정수리까지 닿으면 머리가 훨씬 잘 굴러가는 게 느껴지거든요. 선베드 옆 탁자를 더듬던 할머니의 손에 딱딱한 컵 대신 따듯하고 폭신한 무언가가 잡혔어요. 할머니가 급히 손을 떼고 내려다보니 아까 그 꼬마네요. 꼬마의 바가지머리 밑에서 동그란 눈이 드러나요.

"……."

"할머니 따라 다닐래요."

"뭐?"

"전 유치원에서 쫓겨났어요. 우리 집엔 날 돌봐줄 사람이 없고요. 엄마랑 아빠는 이혼했고 우리 엄만 여기서 일하거든요."

꼬마가 할머니 옆의 빈 선베드에 앉았어요. 할머니를 쳐다보는 눈빛은 거두지 않았죠. 할머니도 몸을 돌려 꼬마와 마주보며 앉았어요.

"싫다면?"

할머니가 팔짱을 끼고 꼬마를 내려다봐요. 꼬마가 어깨를 으쓱하네요.

"아까 할머니 보고 알아봤어요. 할머니는 애들이 다가오는 게 싫어서 미친 척하는 거죠? 저도 애들이 싫어요. 할머니 옆에 있으면 애들이 안 다가올 거니까 따라다니고 싶어요. 우린 싫어하는 게 같잖아요."

할머니의 오른쪽 눈썹이 올라갑니다. 이미 반쯤 마음을 연 것 같네요. 적의 적은 동지라더니 그 말이 맞는 걸까요.

"전 6살이고 내년엔 초등학교에 가요. 여름이 지나가고 있으니까 여기서 조금만 지내면 돼요. 어른들은 제가 혼자 다니면 걱정하고 저는 여기 오는 애들이 싫으니까 할머니랑 같이 다니고 싶어요. 전 시끄러운 편이 아니니까 걱정하지 않으셔도 돼요. 원하신다면 저를 간단한 심부름꾼으로 쓰실 수 있죠."

할머니가 재미있는 녀석을 보았다는 얼굴로 꼬마를 쳐다봐요. 요 당돌한 꼬마는 다른 애들보다 일찍 세상을 깨달은 것 같네요.

하지만 할머니는 아직 팔짱을 풀지 않았어요. 안 그래도 직원이 항상 따라다녀서 귀찮은데 또 혹을 달고 다닐 수는 없죠. 할머니가 팔을 뻗어 레모네이드를 들더니, 수영장을 바라보며 쪽쪽 빨아 마셔요. 바닥이 드러난 컵에서 얼음이 부딪힐 때마다 달그락달그락 소리가 나네요. 할머니가 컵을 내려놓고 일어서요.

용머리로 장식된 지팡이를 짚고 할머니가 걸어가요. 식사 후엔 산책을 하면서 먹은 음식을 소화시켜야죠. 또각또각 지팡이 소리가 일정하게 벽돌 바닥을 울려요. 그 뒤를 빨간색 티에 청바지를 입은 직원 한 명과 꼬마가 따라가네요. 할머니가 심기가 불편한지 쿨럭 하고 누런 가래침을 바닥에 탁 뱉어요.

할머니가 도란마을에 온 지 두 달이 넘었습니다. 도란마을은 부모, 자식, 손자들이 함께 도란도란 정답게 지낼 수 있게 만든 마을이라고 해서 도란마을이라는 이름이 붙었답니다. 음침한 사람들은 '도란'이 '돌은'과 발음이 비슷하다고 머리가 돌아 버린 사람들이 모여 사는 데 아니냐고 몰래 숨어서 웃지만요.

도란마을은 완벽한 마을이에요. 2층 높이의 건물이 동그란 모양으로 지어져 있어요. 여기엔 마트도 있고, 영화관도 있고, 미용실도 있고, 꽃 가게도 있답니다. 아, 공원과 수영장도 있어요. 마을의 출입구가 단 하나라는 점이 이상하기는 하지만요.

도란마을은 치매 노인들의 마을이에요. 정확히 말하자면 노인 요양 병원이죠. 여기엔 의사도, 간호사도 있어요. 하지만 그들은 가운도 입지 않고 차트도 들지 않죠. 그들은 마을 곳곳에 숨어 있어요. 때로는 웨이터로, 때로는 바텐더로. 때로는 마트 점원이 되어 바코드를 찍고 있기도 한답니다.

할머니는 신입 치매 환자예요. 아직 증세가 가볍죠. 그 덕분에 할머니는 이곳이 마음에 들지 않습니다. 하나만 있는 출입구는 교도소 같고, 주위에 있는 치매 환자들은 자유로운 생활 방식 덕분에 기분이 좋아 미소를 짓고 있긴 하지만 다들 떼쓰는 아기 같아요. 다른 노인 요양 병원은 치매라는 병이 잡아 온 포로수용소 같아서 할머니가 별말 안 하고 있긴 하지만요. 거기 환자들은 여기보다 훨씬 불행해 보였어요. 그래서 할머니가 여길 참아 주고 있는 거죠.

할머니에겐 도란마을이 마치 거대한 연극 무대 같아요. 배우들은 자기들이 출연하는지도 모르고 출렁거리며 몸을 흔들고 있고 직원들이 치매 노인들을 속이고 있죠. 그들은 마을 여기저기에 숨어서 노인들의 건강을 체크해요. 바깥의 세상에선 웨이터가 식사 전에 손님의 혈당 체크를 하고 마트 캐셔가 손님의 동공 움직임을 관찰하는 건 흔치 않은 일이죠.

할머니가 오후에 있을 탁구 수업을 위해 직원들이 탁구대를 펴고 있는 강당을 지나요. 도란마을에선 주민들의 건강을 위해 운동과 예술 수업을 세심하게 짜 놓았어요. 주로 체조, 요가, 탁구, 도예, 한지 공예 같은 수업이 여기서 이루어지죠. 하지만 할머니는 대부분 참여하지 않아요. 귀찮거든요. 할머니는 도란마을에 오고 나서 대부분의 시간을 먹고, 자고, 산책하는 데 보냈어요.

강당을 지나니 진료실이 보여요. 반원 모양의 투명한 유리창 안에서는 다른 주민이 의사 앞에 앉아 있네요. 할머니보다 1년 먼저 들어온 유진 할아버지예요. 그는 늘 빨간 모자를 쓰고 군복을 입고 다녀요. 항상 뭔가를 중얼거리는데 말투가 고압적이라 다른 주민들이 피하죠. 남색 폴로셔츠를 입은 의사는 유진 할아버지가 핏대를 올리며 소리치는 걸 웃으며 들어주고 있어요. 다른 병원의 두 배나 되는 월급이 아니면 절대 못할 일이죠. 돈의 힘이란 정말 위대해요. 그렇지 않아요?

진료실을 지나니 불투명한 격자 창문으로 된 입원실이 보여요. 흐릿한 유리창 너머로 하얀 옷을 입은 누군가 오가는 게 보이네요. 도란마을에서 입원실은 진짜 입원실이 아니에요. 가벼운 배탈을 앓는 주민들이 잠깐 누워 사람들에게 관심받고 있다는 걸 느끼며 쉬는 곳이거나 주민들에게 왕따를 당하는 주민이 자기 방 대신 피난오는 곳이죠. 진짜로 아프면 그들은 개인 운전기사를 불러 서울의 큰 병원으로 가요. 언제든 자신들을 환영해 주는 VIP 병실이 있는 그곳으로요.

입원실을 지나니 철문이 달린 관리자 구역이 보여요. 여기서 직원들이 각자 옷을 갈아입거나 쉬거나 회의를 하곤 하죠. 유리창 없이 문 하나뿐이고 그나마도 항상 닫혀 있어서 안에 뭐가 있는지는 알기 힘들어요. 붉은 벽돌로 이어진 벽이 입구까지 이어져요.

할머니가 반대편의 상가로 눈을 돌려요. 둥글게 지어진 도란마을 중앙에는 공원과 수영장, 상가가 있죠. 입구 가까운 곳에 상가가 있고 그 뒤엔 마을의 상징인 큰 나무, 그 뒤로 수영장과 공원이 마주보고 있어요. 상가는 8개의 정사각형 방이 서로 어깨를 붙이고 큐브 장난감처럼 붙어 있어요. 꽃집과 악기점, 문구점, 카페, 옷가게, 지팡이 상점, 서점, 미용실이 있죠.

미용실 안에는 구름처럼 새하얀 파마머리를 한 지수 할

머니가 의자에 앉아 있네요. 앞의 거울에 비친 미용사와 웃으며 이야기를 나누고 있어요. 주민들이 미용실에 가면 미용사는 숱 없는 그들의 머리카락을 자르는 척하며 시간을 보내요. 주민들은 가위질 소리와 두피 마사지가 좋아서 가는가 봐요.

상가 중심엔 창고가 있다는데 청소 도구나 뭐 그런 게 있나 봐요. 원장님이 가게 뒷문으로 드나드는 건 봤지만 할머니는 한 번도 그곳에 가 보지 못했어요. 어두침침하고 먼지가 잔뜩 쌓인 형광등이 깜박거리고 있겠죠, 뭐. 꽃집에서 앞치마를 두른 직원이 할머니를 보고 미소를 보내네요. 할머니는 모욕을 당한 사람처럼 고개를 홱 돌려 버려요. 모르는 사람이 봤다면 직원이 할머니에게 욕을 한 줄 알았을 거예요.

이제 입구가 보이네요. 도란마을의 유일한 입구이자 출구예요. 주민들의 안전을 위한 거죠. 입구 옆엔 작은 창문이 있는데 경비실과 이어진 창문이에요. 경비 직원들이 창문으로 오고가는 사람들을 보며 주민들이 밖으로 나가지 않나 지켜보고 있어요. 치매 환자들인 주민들이 밖으로 나간다면 며칠 안에 죽을 게 뻔하니까요. 도란마을은 주민들의 자식들이 주로 다니는 골프장 근처에 지어져서 민가는 별로 없거든요.

"아이, 좀 들어가 보자는데 그려!"

"뭐 대단한 걸 감춰놨길래 우리 같은 사람들은 못 들어가게 하는겨?"

"안에다 꿀을 발라놨나……"

마을 입구에서 젊은 경비원 하나와 씨름하는 할머니들 셋이 보이네요. 아, 이런. 저분들 소개를 빼놓을 뻔했네요. 저분들은 도란마을이 있는 화토리에 사는 할머니들이에요. 도란마을과는 좀 떨어진 동네에 살지만 자기들만 아는 지름길을 통해 종종 놀러오시곤 하죠. 직원들은 저 할머니들을 두고 '화토리걸스'라 불러요.

"아유, 좀 가세요. 나이도 그만큼 드셨으면 이제 집에 들어가 좀 쉬세요, 네?"

일주일에 두 번 이상 할머니들을 마주치는 경비가 귀찮다는 듯 할머니들을 몰아내고 파리 쫓듯이 손을 흔들어요. 화토리걸스가 경비에게 뭐라고 하려다 입만 삐죽이고 가네요. 아마 며칠 안 지나 다시 만날 수 있을 거예요. 색색의 몸뻬를 차려입은 화토리걸스에게 눈길을 주던 할머니가 다시 걸음을 옮겨요.

입구와 마주보고 있는 악기점은 기타, 바이올린, 드럼, 색소폰 같은 악기들이 놓여 있고 늘 반짝반짝하게 닦여 있지만 아무도 사는 사람은 없어요. 악보를 외울 만큼 기억력이 좋은 주민이 도란마을엔 없거든요. 그냥 조금 큰 장식장인 거죠.

살짝 열린 경비실 문 사이로 한쪽 벽을 꽉 메운 여러 가지 CCTV 화면을 보고 있는 직원의 뒷모습이 보여요. 아마 늦여름의 더위에 바람을 쐬려고 열어 둔 거겠죠. 할머니가 직원의 무방비한 등을 흘끔거리다가 지나가요.

경비실 옆엔 영화관이 있네요. 영화관에선 매일 영화가 상영돼요. 주민들이 알고 있거나, 좋아할 만한 것들이죠. 물론 절대 폭력적이지 않은 걸로요. 괜히 주민들을 자극해 봐야 좋을 게 없으니까요. 그래서 할머니는 여기가 시시하다고 생각해요. 사람들 눈에 띄지 않게 낮잠 자기에 좋은 곳이라고 생각할 뿐이죠.

영화관 맞은편의 문구점에선 쪽진머리의 할머니가 엽서와 펜을 사고 있네요. 문구점 밖에는 그 할머니를 기다리는 직원이 서 있어요. 누구에게 엽서를 보내려는 걸까요. 할머니가 엽서를 고르는 할머니의 옆모습을 지켜보다가 다시 발길을 옮겨요.

영화관 옆은 마트예요. 오, 저기 마침 카트를 끌고 장을 보러 가는 할아버지 하나가 보이네요. 남색 재킷 팔꿈치에는 갈색 가죽 패치가 붙어 있어요. 그 할아버지를 조용히 따라가는 직원이 보이네요. 도란마을의 주민들은 주로 여기서 쇼핑을 해요. 도란마을의 마트는 바깥의 동네마트와 크게 다르지 않아요. 채소와 과일, 과자, 샴푸, 음료수, 웬만한 건 다 있죠. 바깥의 마트와 다른 점은 가격표가 없다는 거예요. 주민들은 물건을 고르고 계산대에 가져가기는 하지만, 계산은 하지 않아요. 도란마을의 모든 가게가 같아요. 상가의 어느 가게도, 영화관도, 식당도 계산은 하지 않죠. 주민들의 한 달 1000만 원이 넘는 월세가 자동이체 처리되고 있는데 그런 소소한 비용들이 모두 포함이랍니다.

계산대에서 계산하는 직원들은 물건의 수량을 확인하기 위해서 바코드를 찍을 뿐이죠. 그리고 주민들이 내민 주민카드로 누가 뭘 가져 갔는지만 확인해요. 주민에게는 일상생활과 똑같이 계산을 했다는 느낌을 줄 수 있죠. 덕분에 여기 주민들은 다른 곳의 치매 환자들보다 훨씬 건강해요.

여기 노인들은 자유롭게 행동할 수 있는 덕분에 다른 노인 요양 병원보다 약물을 덜 쓰고 행복하게 산대요. 도란마을은 다른 요양 병원보다 환자 수 대비 의사와 간호사 수가 월등히 많죠. 덕분에 병원비가 어마어마하게 비싸지만요. 다른 사람들이 병문안 하러 매일 올 수 있어요. 매일 이런저런 사람들이 도란마을에 드나든답니다. 덕분에 도란마을은 한층 더 바깥세상과 비슷해졌어요.

마트의 통유리에 할머니의 모습이 비치네요. 주름이 자글자글한 얼굴에 정수리에는 파인애플같이 올린 흰머리. 빨간 뿔테 안경 속 짝짝이 눈. 연보라색 벨트를 동여맨 연두색 샤워가운 안엔 파스텔 핑크색 정장 원피스를 입었죠. 장인에게 특별히 주문 제작해 만든 용머리 지팡이부터 꺾어 신은 이탈리아 산 초록색 모카신까지 모두 비싼 명품이에요. 유리창에 할머니를 따라오는 꼬마와 직원의 모습이 비쳐요. 꼬마는 영 떨어져 나갈 기미가 안 보이네요. 마을을 반 바퀴 도는 동안 꼬마는 할머니에게 말 한마디 걸지 않고 참을성 있게 따라 걷고 있어요. 오히려 여유롭게 산책을 즐기는 것 같기도 하네요. 유리창 너머로 꼬마와 눈이 마주치자 할머니가 다시 걸음을 옮겨요.

문제의 그 쓰레기장이 보이네요. 할머니는 쓰레기장에 다시 가서 음식물 쓰레기통 근처를 뒤지고 싶은 마음이 굴뚝같지만 억지로 참아요. 거기 다시 간다면 직원들이 기함할 게 뻔하거든요. 직원들이 따라다니는 게 할머니는 영 귀찮아요.

애써 눈길을 돌려 할머니는 큰 나무를 바라봐요. 큰 나무는 도란마을 가장 중심에 있는 느티나무인데, 주민들과 직원들 모두 그 나무를 '큰 나무'라 불러요. 아마 낱말을 잃어버린 주민들에게 그 나무를 표현할 수 있는 단어가 많지 않아서겠죠. '큰 나무'에는 오늘도 어김없이 원장님이 있네요. 밀짚모자를 쓰고 뿔테 안경을 낀 그는 항상 사람 좋은 웃음을 지어 보여요. 그는 주민들을 사랑하고, 직원들을 사랑하고, '큰 나무'에 사는 흰 비둘기들을 돌보죠.

도란마을에 사는 비둘기들은 바깥에 사는 비둘기들과는 전혀 달라요. 그것들은 얼룩진 회색이고, 불결하고, 추위에 잘린 발가락으로 절뚝거리며 너절한 과자부스러기나 찾아다니죠. 하지만 도란마을의 흰 비둘기들은 눈부신 흰색 깃털에 분홍색 부리를 갖고 있고, 영리하게 굴도록 훈련을 받고, 사람이 주는 고급 사료를 먹어요. 물론 마을 곳곳에 지저분한 똥을 갈기는 건 똑같지만요.

할머니와 꼬마를 발견한 원장이 친근하게 손을 흔들어 보여요. 할머니는 빨간 캣츠아이 뿔테안경 너머로 원장을 쳐다보다가 아무것도 못 본 사람처럼 지나가요. 원장을 발견한 꼬마는 할머니 옆에 조금 더 붙어서 걸어가요.

이제 처음의 식당으로 다시 돌아왔네요. 점심시간이 지난 식당에는 커피타임을 즐기는 도란마을의 자식들이 모여 있어요. 그들을 발견하자 할머니의 얼굴이 더 일그러져요. 할머니는 못 볼 꼴을 봤다는 듯 맞은편의 공원 쪽으로 시선을 돌려요.

도란마을의 작은 공원은, 아니 정원은 환상적으로 잘 가꾸어져 있어요. 유럽의 어느 동화에 나올 듯한 정원이죠. 철 따라 꽃들이 흐드러지게 피어 있고 바닥엔 푹신한 잔디가 언제나 일정한 높이로 깎여 있죠. 곳곳에 심은 작은 나무들도 마치 아이스크림처럼 부드럽게 깎여 있어요.

중간 중간 놓인 벤치에서 쉬고 있는 주민들이 보이네요. 이곳이 거대한 꽃병인지 알 길 없는 사람들이죠. 철따라 다른 꽃과 식물들이 심겼다가 조금이라도 시들면 뿌리째 뽑히고 다른 꽃이 그 자리를 채우죠. 하지만 그게 무슨 상관이겠어요. 돈은 넘쳐나고 꽃밭은 예쁘면 된 거죠.

빨간 리본을 한 소녀도 혼자 벤치에 앉아 오후의 바람을 즐기고 있나 봐요. 입술을 깨문 그녀가 전동휠체어를 탄 노인 곁에 모인 가족들을 바라봐요. 정말 사랑스러운 풍경이네요. 역시 가족은 사람이 인생을 살아갈 수 있게 만들어주는 최고의 이유죠.

공원을 지나면 강당까지는 주민들이 사는 집이에요. 공

원과 수영장을 마주보고 6채의 집이 있죠. 집 위 2층에는 각종 인지 치료가 이루어지는 작은 교실들이 있고요. 1채의 집에는 7개의 방과 각각의 화장실, 공용거실과 간단한 요리를 할 수 있는 작은 주방이 있어요. 도란마을은 밖에서 보면 화려한 분홍색 프랑스 풍 건물로 둥그렇게 빙 둘러 지어진 건물이지만 주민들이 사는 집안은 한옥식으로 지어져 있어요. 서까래도 있답니다.

집들에선 언제나 좋은 향기가 나요. 가끔 치매 진행이 많이 된 주민이 배설물을 발라서 똥 냄새가 풍길 때가 있지만 반나절을 못 가요. 직원들이 들어와서 깨끗이 청소하고 고급 새 벽지를 발라놓거든요. 도란마을은 정말 마법 같은 동네예요.

이렇게 도란마을을 전체적으로 보면 아시아 풍을 좋아하는 어느 서양인의 기괴한 꿈에 들어온 것 같답니다. 할머니는 누가 먹다 남긴 거대한 케이크 같다고 생각하지만요.

할머니가 다시 수영장 앞의 선베드에 앉아요. 꼬마도 할머니 옆의 선베드에 앉지요. 어느새 해가 조금 아래로 내려간 것 같아요. 도심만큼은 아니지만 여기도 충분히 덥죠. 늦여름 더위가 징하기도 하지. 할머니가 인중 위의 땀을 훔쳐요. 꼬마도 이마의 땀을 쓱 닦아내네요. 할머니는 목이 말라요. 방에 들어가서 물을 마셔야겠다고 생각하는데 할머니를 따라 꼬마가 또 일어나요. 할머니가 버럭 짜증을 내요.

"어디까지 날 귀찮게 따라다닐 작정이야, 이눔시끼!"

할머니가 지팡이를 휘둘러요. 꼬마를 겁 줄 의도로 동작과 소리만 크게요. 하지만 꼬마 대신 직원이 깜짝 놀라네요.

"할머님, 진정하세요."

꼬마는 물러서지 않아요. 오히려 큰 눈이 재밌다는 듯 살짝 가늘어지네요.

"할머니도 늙어서 성질이 더러워진 거예요? 저번에 여기 아저씨들이 그러는데, 사람이 늙으면 성질이 더러워진대요."

직원의 얼굴이 붉어져요. 할머니가 버럭 소리를 지르네요.

"난 늙어서 성질이 더러워진 게 아니라 원래 그런 인간이었어!"

할머니가 지팡이를 짚고 아까보다 좀 더 빠르게 또각또각 자기 방으로 돌아가요. 거칠게 컵에다 정수기 물을 받아 마셔요. 갑자기 화를 내니까 얼굴이 화끈거려요. 꼬마와 직원이 함께 할머니네 집 거실로 들어오네요. 직원이 화장실이 가고 싶어졌던지 무전으로 다른 직원에게 연락하는 게 보여요. 다른 직원이 오기로 했는지 직원이 자리를 뜨네요. 문득 할머니 머릿속에 어떤 생각이 스쳐요.

"자, 마셔라."

꽃무늬 소파에 약간 지친 표정으로 앉아 있던 꼬마에게 시원한 물 한 잔을 내밀어요. 목이 말랐던 꼬마가 단숨에 컵을 비워내네요.

"너, 누구 손자냐?"

꼬마가 할머니의 질문에 고개를 갸웃하더니 대답해요.

"전 우리 엄마 아들인데요."

"뭐? 그럼 엄마는 누군데?"

"서이수 의사 선생님요."

이번엔 할머니의 짝짝이 눈이 가늘어져요. 꼬마가 서로 다른 크기로 가늘어진 할머니의 눈을 보네요. 할머니는 꼬마의 얼굴을 뜯어봐요. 그러고 보니 얼굴 생김새하며 처진 눈매가 확실히 닮긴 한 것 같아요.

"흠…… 너 정말 날 따라다니게 해 주면 시키는 거 잘할 수 있어?"

꼬마가 무슨 당연한 소리를 하냐는 듯 고개를 끄덕여요. 할머니의 한쪽 입꼬리가 올라가요. 마침 다른 직원이 방에 도착했네요.

"서이수 선생 좀 불러줘요. 할 말이 있으니까."

오래 서 있으니 다리도, 허리도 아픈 할머니가 "에구에구"소리를 내며 꼬마 옆의 소파에 털썩 앉아서 기다려요. 어리둥절한 표정의 직원이 무전을 하는 것 같더니 곧 이수 씨가 오네요.

"부르셨다고…… 어, 너 왜 여기 있어? 어딜 갔나 했더니……."

"엄마, 안녕."

꼬마가 손을 흔들며 반갑게 인사해요.

"꼬마가 나랑 같이 있고 싶다고 해서 허락 좀 맡으려고 불렀소."

"네? 아, 저희 애가 귀찮게 해 드렸군요. 죄송해요."

"그게 아니고 나도 이 애랑 같이 다니고 싶은데 내가 두 사람이나 뒤꽁무니에 달고 다니는 건 별로라서 말이오. 봄날에 병아리 달고 다니는 어미닭도 아니고."

"아……."

이수 씨가 꼬마를 보며 말끝을 흐려요. 이런 부탁을 한 주민은 그동안 한 명도 없었거든요. 대부분의 주민들은 누가 따라다니는 걸 인지하지도 못해요. 어디선가 나타난 친절한 이웃이 자신을 도와준다고 생각하죠. 게다가 직원들 사이에서 평판이 좋지 않은 할머니와 자기 아들이 같이 다닌다니 그것도 기묘한 조합이라는 생각이 들어요.

"일단 엄마로서는 허락하겠소?"

"예? 예에⋯⋯."

얼떨결에 이수 씨는 허락하겠다고 대답해요. 꼬마가 소파에서 일어나 웃으며 깡충깡충 뛰네요. 아들의 기뻐하는 모습은 오랜만에 봐요. 이수 씨의 눈가에도 자연스럽게 잔주름이 새겨지네요.

"직원으로서는?"

할머니가 묻네요.

"아⋯⋯."

난감해하던 이수 씨가 어딘가로 무전을 해요.

"그럼 원장님께 허락을 얻어야 할 것 같으니 일단 같이 가시죠."

원장님이 큰나무 밑 그늘에 앉아 있어요. 그의 어깨엔 어김없이 흰 비둘기가 앉아 있네요.

"할머님, 어서 오세요. 서 선생님. 용건이 있으시다고. 안녕? 또 만나는구나."

원장님이 꼬마의 머리를 쓰다듬어 주려고 손을 내밀지만 꼬마는 할머니의 치마 뒤로 쏙 숨어 버려요. 할머니는 꼬마의 작은 주먹이 떨리는 걸 느껴요.

"할머님께서 앞으로는 직원들 대신 저희 애랑 같이 다니고 싶다고 하셔서요. 저희 애가 그러고 싶다고 하기도 하고…… 괜찮을까요?"

'제발 안 된다고 말해.'

이수 씨가 아랫입술을 질끈 깨물어요. 할머니에게는 대답을 거부할 수 없게 만드는 마력 같은 게 있어서 대충 넘어갔지만 왠지 골치 아픈 일이 생길 것만 같아요.

"음…… 만약 신체적으로 불편하신 게 있으면 바로 도움받기가 힘드실 수 있어요. 괜찮으시겠어요?"

"알다시피 난 아직 기저귀도 안 찼고, 샤워도 스스로 할 수 있어요. 다리가 안 좋아 지팡이를 짚고 다니긴 하지만 뛰지 않으니 괜찮고. 쇼핑도 많이 하지 않는 편이오."

"하지만……."

"그러니 괜찮겠지, 원장 선생?"

원장님의 말을 가로막고 할머니가 얼굴을 내밀어요. 빨간 뿔테 안의 짝짝이 눈이 원장님을 꿰뚫어보네요. 원장님이 순간 압도되어 숨을 헉, 들이키네요.

"예에…… 뭐. 괜찮겠죠. 직원들에게도 그렇게 알려 두겠습니다."

"고맙소."

할머니가 활짝 웃어요. 그 미소를 본 모두가 등골이 오싹해져요. 꼬마만 빼고요. 꼬마는 "아싸!" 하면서 신이 났네요. 원장님은 무전으로 직원들에게 안내사항을 알리고 이수 씨는 할머니에게 양해를 구한 뒤 꼬마의 팔을 붙잡고 할머니가 안 보이는 곳으로 잠시 자리를 옮겨요.

"너 정말 할머니 잘 따라다닐 수 있어?"

"응. 나 너무 신나. 엄마. 할머닌 재밌는 사람이야."

"무슨 일 있으면 꼭 엄마한테 말하고. 도움이 필요하면 주위에 있는 직원들한테 얘기해. 폰 잘 가지고 있지?"

꼬마가 손목시계를 들어 보여요. 손목시계 형으로 제작된 어린이용 핸드폰이에요. 위치추적 기능, 문자, 전화, 사진 찍기, 간단한 게임까지 안 되는 게 없죠. 이수 씨는 손목시계의 배터리를 확인하며 설마 별일이야 있겠냐 하며 자신을 달래요.

"할머니, 저…… 얘가 남자 어른들이 소리 지르거나 접촉하려고 하면 무서워하고 잘 놀라요. 그것만 좀 주의해 주세요. 그럼 잘 부탁드립니다."

이수 씨가 할머니에게 고개를 숙여요. 할머니도 가볍게 고개를 숙여요.

"선생이 퇴근할 땐 얘도 같이 집에 갈 거요. 걱정 말아요. 우리 카페에 가서 아이스크림이나 먹을까?"

할머니가 꼬마와 함께 카페로 가네요. 원장님도 이수 씨도 자기 자리로 돌아가요. 모두의 시야에서 벗어나자 다정한 척 붙어 있던 할머니와 꼬마가 약간 떨어져서 걸어요. 할머니도 꼬마도 별 말이 없네요.

"소프트아이스크림 하나 주시오."

직원이 고개를 끄덕이고 기계로 가더니 노란 옥수수 콘에 소프트아이스크림을 뽑아 주네요. 할머니가 아이스크림을 꼬마에게 건네요. 꼬마가 말없이 핥아먹어요.

마트를 기웃거리다가 영화관 상영 시간표도 보는 듯하던 할머니가 영화관 앞 벤치에 앉아요. 주민들과 직원들이 앞을 지나다니네요. 할머니와 꼬마는 서로 모르는 사이 같이 멀리 떨어져 앉아 있어요.

꼬마가 아이스크림을 다 먹고 와작와작 콘을 씹어 먹을 때쯤 멍하니 거리를 바라보는 것 같던 할머니가 일어나요. 카페에 가서 아이스크림을 하나 더 사 오네요. 꼬마가 의아한 표정으로 두 번째 아이스크림을 받아들어요.

"너 여기서 망 좀 봐라."

입가에 과자 부스러기를 묻힌 꼬마가 눈을 둥그렇게 떠요. 일단 알겠다고 고개를 끄덕이고 새 아이스크림을 먹네요. 할머니는 경비실에 가요. 여전히 경비실은 문이 약간 열려 있네요. 할머니는 주위를 둘러봐요. 아무도 없군요. 문구점, 악기점, 꽃집에 있던 직원도 저녁 준비를 하기 위해 가게 문을 닫고 가 버렸나 봐요. 할머니는 아무도 경비실 주위에 있지 않은 순간을 노렸어요. 경비실에는 선풍기 바람을 맞으며 졸고 있는 남자 직원이 보이네요. 할머니는 고양이처럼 살금살금 들어가요.

"아이구, 아이구……."

할머니가 내는 소리에 직원이 찹찹 소리를 내며 정신없이 잠에서 깨요.

"무슨 일이시죠?"

"미안한데 내가 당뇨가 있어서…… 인슐린 주사 좀 갖다 줄 수 있소?"

"진료실에 데려다 드릴까요? 직원 불러 드릴게요."

"아니, 인슐린 주사만 있으면 되는데…… 엇."

머리에 손을 짚은 할머니가 바닥에 쓰러져요. 비몽사몽하던 차에 이런 일이 일어나니 직원이 혼비백산해서 밖으로 뛰어나가네요. 바닥에 누운 할머니가 뛰어가는 직원의 뒷모습을 실눈을 뜨고 지켜봐요.

"웃차."

직원이 나가자마자 가볍게 몸을 일으킨 할머니가 바퀴

달린 의자에 앉아 익숙한 듯 키보드를 두드려요. CCTV는 예전에 할머니가 살던 집에 있던 거랑 같은 거라 조작이 쉬운가 봐요. 할머니가 일주일 전의 쓰레기장 CCTV 영상을 보려고 마우스로 클릭하네요. 하지만 어디에서도 찾을 수가 없어요. 당황한 할머니가 마구 클릭해 보지만 그날의 영상만 쏙 빠져 있네요. 그때 밖에서 "으앙!" 하는 꼬마의 목소리가 들려와요. 할머니가 CCTV를 째려보다가 일어나서 밖으로 나가요.

"내 아이스크림……."

밖에 나가니 꼬마의 아이스크림이 바닥에 엎어져 있어요. 경비실 직원이네요. 진료실에 있던 다른 남자 의사를 불러오다가 부딪쳤나 봐요.

"할머님, 괜찮으세요?"

"나? 난 괜찮지. 그냥 잠깐 두통이 온 것뿐이오. 날이 더워 그런가……. 에휴, 사람은 그저 늙으면 죽어야지. 폐를 끼쳐 미안하네그려."

할머니가 또각또각 여유 있게 지팡이를 짚고 걸어가고 나라 잃은 표정으로 울던 꼬마가 아무렇지 않은 듯 입가를 닦고 할머니 뒤를 따라가요. 직원 둘만 망연자실하게 둘의 뒷모습을 바라보네요. 마치 귀신에 홀린 사람 같아요.

"나한테 알려주려고 일부러 아이스크림 쏟은 거냐?"

할머니의 물음에 꼬마가 고개를 끄덕여요.

"제법이구나."

"무슨 일이에요? 할머니 거기 왜 갔어요?"

꼬마의 질문에 할머니가 꼬마를 내려다봐요. 어느새 마을에 어둠이 내리기 시작하네요. 곧 저녁 식사가 시작될 거예요. 할머니가 사람들을 피해 쓰레기장 쪽으로 걸어가요. 빈 쓰레기장에서 벽에 기댄 할머니가 지팡이에서 용머리를 쑥 뽑아요. 그러자 곰방대가 나오네요.

"한 걸음 물러서."

할머니가 익숙한 듯 주머니에 들어 있던 담뱃잎을 꺼내 용의 주둥이에 꾹꾹 눌러 담아요.

"너 비밀 지킬 테냐?"

라이터로 불을 붙여 한 모금 빨아들인 할머니가 길게 담배 연기를 내뱉으며 말해요. 꼬마가 고개를 끄덕여요.

"어차피 말할 데도 없어요."

꼬마를 내려다보다가 한 모금 더 빨아들인 할머니가 담배 연기를 후우 내뱉어요.

"너 일주일 전에도 여기 있었냐?"

"네. 이번 여름부터 여기 있었어요."

"일주일 전에 혹시 여기서 있었던 사건 기억하니?"

"일주일 전요?"

"그래. 딱 일주일 전 오늘. 그날에 대해 뭐 좀 기억나는 거 있냐?"

할머니가 눈을 빛내요.

"특별히는……. 강당에서 할머니들이랑 요가했던 날 같아요."

뭔가 나올까 싶어 기대하던 할머니가 맥이 빠졌나 봐요. 담배만 뻑뻑 피우네요.

"왜요?"

"됐다."

할머니가 약 올리듯 말해 주지 않자 분해서 꼬마 얼굴이 빨개져요.

"엄마한테 이를 거예요."

"언젠 비밀 지키겠다더니?"

"비밀을 가르쳐 줘야 지키죠!"

할머니가 코로 연기를 뿜어내며 흥흥 하고 웃어요. 웃다가 사레들린 할머니가 한참을 켁켁대요.

"일주일 전에 여기서 아기가 하나 죽었다. 난 그 범인을 찾으려는 거야."

꼬마가 초롱초롱 눈을 빛내요. 할머니가 담배를 다 피웠는지 손수건으로 뜨거워진 용머리를 잡아 지팡이에 끼워 넣네요.

"그러니 너도 찾아봐라. 여기 있는 동안 심심하지는 않을 테니까."

할머니가 허리를 굽혀 꼬마의 귀에 대고 속삭여요.

"잘 봐라. 여기 있는 모두가 범인이야."

할머니가 손수건으로 지팡이를 쥐고 식당으로 절뚝거리며 들어가요. 꼬마도 머뭇거리며 따라가네요. 늦여름 저녁에 짝 못 찾은 매미 울음소리만 요란해요.

자, 이제 시작이에요. 이제 어떤 일들이 일어날까요? 할머니와 꼬마는 무사할 수 있을까요?

그리고 이 세계는 전과 같을 수 있을까요?

2 환장의 콤비

오늘도 할머니는 레모네이드만 마신다. 벌써 며칠째 같은 날들이 계속된다. 여기서 애들한테 쫓기는 것도 싫고 엄마가 날 지켜보면서 불안해하는 것도 싫다. 그래서 기분 좋은 척을 해 가면서 엄마에게 허락을 받아냈던 건데 할머니가 반응이 없으니 영 심심하다. 아기를 죽인 범인을 찾자고 했을 땐 정말 신났었는데.

할머니는 아예 범인을 찾기로 한 걸 잊어버린 것 같다. 아침에 엄마와 차를 타고 마을에 오면 할머니는 아침 식사를 끝내고 산책을 하고 있다. 나는 그런 할머니를 따라 느린 걸음으로 마을을 돌고 할머니가 담배 피우는 걸 몇 걸음 떨어져서 바라본다.

여기 직원 아저씨나 아줌마들이 억지로 할머니를 집어넣는 수업에 따라가면 내가 유치원에서 하던 것과 비슷한 놀이가 기다리고 있다. 나도 같이 놀이를 하면서 시간을 때우다 보면 어느새 점심을 먹고 레모네이드 마시고 또 산책하고 담배 피우고…… 마치 쳇바퀴를 도는 햄스터 같다. 우리가 서로 잡아먹지 않는다는 것만 빼면.

할머니가 벤치에 앉아 뭔가를 골똘히 들여다보고 있다.

"할머니, 그게 뭐예요?"

할머니는 내가 물어도 돌아보지 않고 대답한다.

"평면도라는 거다."

할머니가 들여다보고 있는 종이에는 선과 알 수 없는 숫자들이 그려져 있다. 한눈에 보기에도 어려워 보인다. 할머니가 이걸 왜 갖고 있는 걸까.

"평면도가 뭔데요?"

"건물의 모양이랑 치수를 적어 놓은 거야. 위에서 내려다봤다고 생각하고."

그 말을 듣고 다시 보니 할머니가 보고 있는 건 도란마을 평면도인 것 같다. 타원형의 모양에 수영장 위치가 비슷하다.

"이건 왜 보고 있는 건데요?"

"없구나. 없어. 참 이상하다."

할머니는 내 질문에 대답도 하지 않고 펼쳤던 종이를 접는다. 할머니가 인기척이 나지 않나 슬쩍 주위를 살피는 것이 보인다. 할머니의 걱정과는 달리 참새 한 마리 지나가지 않는다. 할머니가 접은 종이를 무릎에 놓고 턱을 쓰다듬는다.

"아무리 봐도 없어."

"뭐가요?"

할머니가 혼자만 알고 있고 나에게 가르쳐 주지 않으니 마음이 답답하다. 할머니 무릎 위에 얹힌 종이를 나도 펴 보고 싶지만 그랬다간 호통이 날아올 것 같아 참는다.

"분명 들어온 사람은 있는 것 같은데 나간 사람은 없단 말이다."

할머니는 자꾸 혼자만 아는 소리를 중얼거린다. 지금 막 방에 들어온 사람이라면 멍한 눈빛으로 혼잣말을 하는 할머니를 보고 드디어 치매가 심해졌다고 생각할 것이다. 미치고 팔짝 뛸 노릇이다.

"그러니까 그게 뭐냐구요."

내가 옆에서 보채자 할머니가 그제야 고개를 돌려 나를 본다. 뭔가 말하려는 듯 할머니의 주름진 입술이 달싹인다.

"아니다. 아직 확인된 게 아니라서. 좀 더 정확해지면 얘기해 주마."

"그게 뭐예요! 우린 같이 일하는 동료잖아요. 왜 저한테 비밀을 만들어요?"

"정확하지 않은 정보를 나누면 오히려 혼선만 일으킬 수 있어."

어른들이 아이답다고 하는 방식으로 소리를 지르고 떼를 써 보았지만 역시 이 할머니에게는 통하지 않는다.

"할머니."

"왜."

참다못한 내가 말을 꺼낸다. 할머니는 내 쪽은 쳐다보지도 않은 채 레모네이드를 컵째로 들이마신다. 엄청나게 실텐데도 할머니는 눈 하나 깜짝하지 않는다.

"할머니는 왜 빨리 범인 안 찾아요?"

할머니가 내 얼굴을 슬쩍 내려다보더니 벤치 위에 컵을 내려놓는다. 햇빛에 얼음이 녹아 달그락 소리가 난다.

"난 경찰이 아니다. 내가 범인을 찾으려는 건 흥미를 느껴서야. 여기 있는 동안 덜 심심하려고 그러는 거지. 옆에서 쪼아댈 거면 저리 가서 애들이랑 놀지 그러냐."

정말 차가운 대답이다. 나도 모르게 입이 튀어나온다. 엄마가 봤으면 "삐졌쩌?" 하고 볼을 잡고 흔들어댈 것이다. 그 생각을 하니 짜증이 나서 입술이 더 튀어나온다.

"왜 하필이면 음식물 쓰레기통이었을까? 들키지 않고 싶었다면 일반 쓰레기에 대충 섞을 수도 있는데."

그래도 할머니가 신경을 쓰고 있긴 했나 보다. 할머니가 말을 꺼내니 다시 신이 난다.

"오히려 너 철저하게 숨기려고 그런 거 아닐까요. 일반 쓰레기에 넣으면 썩는 냄새가 나서 들킬 수도 있잖아요."

"그렇다고 하기엔 비닐 봉투도 제거 안 하고 넣었잖냐. 음식물 쓰레기통에 그렇게 넣으면 필연적으로 비닐을 제거하려고 누군가 들여다 볼 수밖에 없어."

그것도 맞는 말이다. 생각이 막혀 나도 말이 없어진다.

다시 주말이 돌아온다. 공원 쪽에서 애들이 꺅꺅대는 소리가 들린다. 이젠 아저씨 아줌마들도 나랑 할머니가 같이 다니는 게 익숙해졌는지 별로 우리에게 참견하지 않는다.

여긴 모든 게 다 가짜다. 바다처럼 보이려고 바다 색으로 칠한 수영장, 잠금장치도 없는 가짜 방문, 마을도 아니면서 마을이라고 붙인 가짜 이름, 여기 사는 사람인 척하지만 돈 받고 일하는 어른들, 어른들의 가짜 웃음, 아이들의 가짜 친한 척, 이젠 아기가 되어 버린 가짜 할아버지 할머니들…….

그리고 할머니의 가짜 오른쪽 눈까지. 관심 없는 사람은 양쪽 눈 크기가 다르구나, 하고 무심하게 넘길 일이지만 부지런히 굴러다니는 왼쪽 눈에 비해 오른쪽 눈은 거의 미동이 없다. 그리고 오른쪽에 있는 물체를 볼 때 굳이 고개를 돌려 바라보는 할머니의 버릇을 보면 알 수 있다.

할머니의 왼쪽 눈이 빨간 안경 너머로 여자들만 집요하게 좇아 다닌다.

"할머니, 뭘 보는 거예요?"

"엄마들."

엄마? 지금 여긴 엄마가 아닌 사람도 많은데.

"아기 엄마가 범인이라는 거예요? 아기 아빠일 수도 있잖아요."

"애 엄마도 찾기 힘든데 애 아빠는 찾을 수 있을 것 같냐? 애비가 제대로 있었으면 이런 일은 일어나지도 않아."

크륵, 가래를 뽑아 올린 할머니가 퉤 길바닥에 뱉었다.

"나는 애 엄마가 눈물 짜는 광경을 보자는 게 아냐. 아기가 죽었는데 애 엄마를 찾으면 범인을 더 쉽게 찾을 수 있을 거 아니냐."

"근데 보기만 해서 어떻게 알아요? 이미 아기를 낳았잖아요. 그럼 배가 홀쭉해졌을 텐데."

"보기만 하는 게 아니고 흔적을 찾으려는 거다. 만약 내가 아는 사람 중에 애 엄마가 있었다면 내가 흔적을 기억해 낼 수 있을 테니까."

"할머니 진짜 기억할 수 있어요?"

"아직 네 얼굴을 아니까 기억할 수 있겠지. 퇴물 취급하지 마라."

할머니가 나를 흘겨보고는 지팡이 끝으로 휠체어를 탄 할아버지와 함께 연못가를 지나는 한 아줌마를 가리킨다. 저 아줌마도 여기 직원이다.

"저 이는 지난달에 애를 낳았어. 하지만 일주일도 못 쉬고 다시 일하러 나왔지. 여긴 육아휴직을 쓰면 사실상 퇴사당하는 데니까."

그러고는 곧바로 오른쪽으로 몸을 돌려 길 건너 벤치에 할아버지 하나를 사이에 두고 옥신각신하는 두 할머니들을 가리켰다.

"우리 남편한테 뭐하는 거야. 저리 떨어져!"

"남편이라니, 남의 서방을 두고 감히 첩년이!"

결국 할머니들이 서로 머리를 쥐어뜯고 싸우고 할아버지는 겁에 질려 울기 시작한다. 할머니들도 뭣에 북받쳤는지 울기 시작한다. 금세 주변이 아수라장이 되자 곁에 있던 직원들이 달려와 그들을 뜯어말린다. 여기 있으면 매일 심심치 않게 볼 수 있는 광경이다. 전에 직원 아저씨 아줌마들의 대화를 엿들었는데, 저 두 할머니의 남편은 이미 죽고 없다. 둘 다 저 할아버지 하나를 두고 자기 남편으로 착각해 매일같이 싸운다.

"저 할머니들도 임신했다구요?"

"아니. 그 뒤에. 둘이 같이 나란히 앉아 있는 사람들."

갈색 재킷을 입은 할아버지와 회색 원피스를 차려입은 할머니가 흐린 눈으로 서로를 바라보고 있다. 다정히 맞잡은 손이 따스해 보인다.

"내가 여기 들어온 지 얼마 안 돼서 저 할멈이 유산을 했지. 자식들이 먼저 알아채고 애를 뗐어."

"그게 가능해요?"

할머니가 나를 돌아보며 씨익 웃는다.

"당연히 가능하지. 인간은 안 되는 게 없어. 아마 자식들이 약을 안 먹였으면 낳았을 거다. 책임은 누가 질지 모르겠지만."

"근데…… 매일마다 아저씨 아줌마들이 뒤를 따라다니잖아요."

"요즘 봉급을 줄이려고 해서 알게 모르게 사람들이 점점 나가고 있어. 게다가 노인들이 얼마나 영악한지 알면 너도 아마 놀랄 거다. 연애하느라 아주 불타올라."

"이미 할머니를 알고 있으니까 그리 놀랍지도 않아요."

할머니가 내 말에 또 킬킬 웃음을 터뜨린다.

"노인들 간에 성병은 좀 많게. 콘돔을 안 써서. 그냥 따듯

한 맨살만 부벼도 좋다는 이들도 많지만."

할머니가 자연스럽게 말을 늘어놓다가 휙 몸을 돌려 나를 돌아본다.

"네 엄마한테 내가 이런 얘기 했다는 말은 하지 마라."

"알았어요."

할머니의 지팡이가 또다시 허공을 맴돈다. 그 끝에 엄마가 걸리자 내가 말한다.

"우리 엄만 아니에요. 임신한 적 없어요. 제가 매일 지켜보니까요. 우리 엄마 배는 계속 홀쭉했어요."

"임산부라도 배가 많이 튀어나오지 않는 사람도 있어. 어쨌든 무슨 말인지 알았다. 아무튼, 난 아직 기억력이 짱짱하니까 함부로 무시하지 말란 말이야. 알았냐?"

낡은 가죽 시계를 들여다보던 할머니가 갑자기 자리에서 벌떡 일어난다. 할머니는 아직 레모네이드를 다 마시지 않았다. 이런 일은 처음이다. 할머니는 레모네이드를 남기는 사람이 아니다.

'할머니 레모네이드······.' 하고 말하기도 전에 할머니가 평소보다 조금 빠른 걸음으로 지팡이를 짚고 걸어간다. 나도 자리에서 일어난다.

"같이 가요."

"늦었어. 오늘 거길 가야 돼."

무슨 말일까 했는데 할머니가 간 곳은 강당이다. 강당에서 매트를 깔고 요가하고 있는 사람들이 보인다. 강사의 동작에 따라 할머니 할아버지들이 천천히 팔을 들었다 내렸다 하고 있다.

"너 이년, 내가 누군지 알아?"

강당 입구에 서서 사람들을 관찰하고 있는데 갑자기 가래 섞인 걸걸한 음성이 들려온다. '빨갱이 할아범'이다. 이것도 직원 아저씨 아줌마들의 대화에서 엿들은 것이다. 이 할아버지는 마을을 떠돌아다니면서 불만 가득한 얼굴로 사람들에게 시비를 건다. 어른들 책에서 본 '망령'이라는 단어의 뜻을 나는 이 할아버지를 보고 이해했다.

힐긋 보고 말 줄 알았던 할머니가 의외로 몸을 돌려 할아버지를 정면으로 마주본다.

"아, 마침 잘 왔군. 내가 물어볼 게 하나 있는데……."

"내가 옛날엔 말야……."

누군가 관심을 보여 주자 신이 난 할아버지가 할머니가 말을 채 마치기도 전에 떠들기 시작한다. 대부분 여기 있는 사람들은 할아버지가 말을 걸면 무서워서 울면서 도망치거나, 비웃고 지나치거나, 억지 미소를 지으며 한 귀로 듣고 한 귀로 흘리기 때문이다.

할머니가 말없이 자신을 바라보고 서 있자 할아버지는 연설을 하는 환상에 빠진 듯 제법 위엄 있는 태도로 오른쪽 주먹을 흔들어 댄다. 같은 얘기를 계속 들으려니 조금 피곤해져서 하품이 나온다. 할머니는 꼿꼿이 서서 할아버지가 하는 앞뒤가 맞지 않는 말을 귀 기울여 듣고 있다.

몇 분을 계속 침을 튀겨가며 열변을 토하다 보니 할아버지도 이제 힘이 빠지는지 앞뒤로 왔다 갔다 하는 주먹의 폭이 작아지고 숨이 가빠진다. 결국 할아버지가 강당 입구에 걸터앉고 할머니도 마주 앉는다.

"여기서 아기 엄마 본 일 있소?"

가쁜 숨을 몰아쉬던 할아버지가 손짓하자 할머니가 살짝 몸을 기울인다. 할아버지의 하얗게 마른 입술이 뭐라고 움찔대는 것 같았지만 말을 알아들을 수가 없다. 고개를 끄덕인 할머니가 자리에서 일어난다.

"고맙소."

기진맥진한 할아버지를 두고 할머니는 깔끔한 태도로 일어나 다시 길을 나선다.

"아, 그렇지."

강당 밖 한쪽 구석에서 담배를 피우려던 할머니가 담뱃

대를 다시 지팡이에 꽂는다.

"왜요?"

"엽산. 엽산."

"그게 뭔데요?"

"산모들이 꼭 먹는 영양제가 있어. 예전에 누가 말해 준 게 기억나. 마을 사람들 안에 아기 엄마가 있었으면 그걸 먹었을 게 아니냐. 진료실에 가 봐야겠다."

할머니가 지팡이를 짚으며 걸음을 재촉한다. 정말 그걸로 찾을 수 있을까? 나는 부지런히 할머니를 따라간다. 진료실 가까이 가자 엄마가 앉아 있는 것이 보인다. 엄마의 시선을 돌리라는 의미인지 할머니가 지팡이로 내 발뒤꿈치를 한번 툭 친다.

"엄마."

"오, 왔어? 안녕하세요."

엄마가 나에게 손을 내밀고 할머니에게 인사한다.

"엄마, 나 배터리 충전. 그리고 목말라."

충전기가 약장 너머에 있어서 손목에 감긴 폰을 충전하러 가면 컴퓨터와는 멀어질 수 있다. 물도 마시고 간식도 달라고 해야지. 나는 해결했다는 의미로 할머니에게 윙크를 한다. 할머니가 가볍게 고개를 끄덕인다.

나는 일부러 손목시계 줄이 잘 안 풀리는 척 느리게 풀고 엄마에게 건네준다. 약장 너머로 할머니가 키보드를 두드리는 소리가 들릴까 봐 목이 마르다 해 놓고는 아이스크림을 사 달라고 떼를 쓴다. 엄마가 간식으로 과자를 내밀기에 다른 과자 없냐며 묻는다. 원래의 나라면 안 하는 짓이다. 난 간식에 탐을 내는 애도 아니고 보통은 엄마가 주는 대로 먹으니까. 엄마가 매주겠다는 손목시계 줄을 내가 하겠다며 또 느릿느릿 맨다. 이만하면 나의 임무는 끝이다. 나는 할 만큼 했다. 할머니는 엽산인지 염산인지에 대해서 좀 알아 왔을까?

다시 진료실로 넘어가니 할머니가 아무것도 안 한 척 환자 의자에 앉아 있다.

"다 됐냐? 그럼 가자. 이따 봅시다."

"예. 이따 보자, 아들."

엄마가 손을 흔든다. 그렇게 별일 없이 넘어가나 싶다.

"잠깐만요."

등 뒤에서 엄마가 할머니를 부른다. 움찔한 할머니가 뒤를 돌아본다.

"엽산은 왜 찾아보신 거예요?"

할머니의 눈이 커진다. 순간 내 숨도 멎는 것 같다. 컴퓨터 검색창에 아직 할머니가 찾아보던 키워드가 남아 반짝거리고 있다.

"저번에 그 아기 때문에 그러시는 거죠?"

정곡을 찔린 할머니가 흡, 숨을 들이킨다. 할머니의 콧구멍이 커진 것이 보인다. 할머니가 위기에서 빠져나가기 위해 이번엔 심장마비라도 걸린 척하는 게 아닐까 싶다.

"사실 저도 궁금했거든요. 경찰에 사건 접수는 된 것 같은데 현장 조사도 안 하러 오고 신문에 기사가 나지도 않아서요."

엄마 말을 들은 할머니가 "흠흠" 하고 헛기침을 하더니 별 대답은 하지 않고 도망친다. 아마 민망해하는 것 같다.

뛰듯이 도망가는 할머니를 따라간다. 공원에 가서야 걸음을 멈춘 할머니가 날 노려본다.

"네가 말한 거냐?"

"엄마한텐 입도 뻥긋 안 했어요."

나는 어깨를 으쓱한다.

"네 엄마 촉 좋다. 아주 등골이 오싹하더라."

깊게 한숨을 내쉰 할머니가 벤치에 앉는다. 나도 옆에 앉는다. 어쩌다 보니 연못 앞 벤치다. 청둥오리와 흰 오리들이 섞여 한가롭게 작은 연못을 헤엄치고 있다. 어쩌면 저것도 가짜일까?

"아까 그 할아범이 오리 얘길 하더라."

"오리요?"

"응. 아기 엄마랑 오리가 관련 있는 것 같던데. 뭐 짐작 가
는 거 있냐?"

오리…… 오리랑 관련 있는 아기 엄마라면 혹시 오리 밥
주는 사람인가? 하지만 여기 오리는 원장 선생님이 밥을
주는데. 골똘히 생각해 봤지만 떠오르는 게 없다.

"야, 저기 있다."

"빨리 잡아, 빨리."

아이들 목소리다. 뒤를 돌아보니 애들이 다가오는 게 보
인다. 아까부터 애들이 공원에서 놀고 있었다는 걸 깜박했
다. 알았으면 여기로 안 왔을 텐데. 쟤들이 잡고 싶어 하는
건 당연히 오리가 아니라 나다. 뒤를 돌아 그들의 위치를
확인하고는 할머니 옆으로 바싹 붙어 앉는다.

다섯 명의 아이들이 나를 향해 달려오며 "노올자." 하고
부른다. 나는 할머니의 팔을 붙잡는다. 애들이 우리 앞에
모여 선다.

"안녕하세요, 할머니. 안녕! 우리 같이 놀자."

빨간 체크무늬 원피스를 입은 여자애가 흰 이를 드러내

며 웃는다. 애들을 몰고 다니며 돌아가면서 왕따 놀이를 하
게 시키는 애다. 나도 처음엔 같이 놀다가 싫어서 빠져나왔
다. 끔찍했다.

"니들은 뭐냐?"

할머니가 고개를 갸웃하며 묻는다. 애들이 방글방글 웃
으며 나를 가리킨다. 저 귀여운 미소에 넘어가지 않는 사람
들이 없다는 걸 잘 알고 있는 웃음이다. 당신은 날 귀여워
하고 내가 원하는 걸 내주기만 하면 된다는 웃음.

"얘 친구요!"

가짜 친구들.

"근데?"

할머니가 팔짱을 낀다. 할머니 팔에 껴서 손이 조금 아프
다. 당황한 아이들의 목소리가 조금 작아진다.

"그래서 쟤랑 같이 놀려고……"

"얜 내 친구고, 나랑만 놀 거야. 그러니 얼른 저리 가라."

"그래도……"

어른들에게 거절이란 걸 당해 본 적이 없는 애들의 표정
이 일그러진다. 할머니가 어쩔 수 없다는 듯 한숨을 푹 내
쉬더니 주사기를 꺼내든다. 할머니가 약병에 주사기를 꽂자
주변에 서서 지켜보던 아저씨가 다음에 일어날 일을 알고

재빨리 아이들을 몰고 달아난다.

아이들이 사라지자 팔을 풀고 처음처럼 조금 떨어져 앉는다. 할머니는 주사기를 톡톡 튕긴 뒤 팔뚝에 꽂는다.

"애들 갔어요."

"알아. 내가 주사 맞아야 될 시간이라서 그래."

할머니가 말없이 주사기를 누른다. 나도 내려가는 주사기 눈금을 바라본다. 할머니는 엄마만큼이나 주사 놓는 걸 잘한다. 할머니도 원래는 의사였을까?

"너 유치원에서는 왜 쫓겨났냐?"

할머니가 알콜 솜으로 팔뚝을 꾹 누른다.

"유치원 친구한테 '너도 언젠가 죽어.'라고 해서요."

할머니가 웃음을 터뜨린다. 내가 한 말이 그렇게 재미있는 걸까. 그날의 기억이 다시 떠오른다.

유치원에서 혼자 미끄럼틀을 타고 있는데 영우가 나에게 말했다.

"넌 아빠 없지? 우리 엄마가 그러는데 너 아빠 이제 없다 그랬어."

"맞아."

미끄럼틀을 타고 내려온 내가 그 애 앞에 섰다. 평소에도 애들 머리채를 잡아서 울리거나 발을 걸어서 넘어지게 하던 녀석이었다. 내가 다른 애들처럼 울거나 흥분하지 않으니 오히려 약이 오른 모양이었다. 그 녀석이 또 뭐라고 하고 싶었는지 입을 벌렸다. 그 전에 내가 먼저 말했다.

"원래 부모님은 우리보다 먼저 돌아가서. 없게 되는 거라구. 근데 난 엄마 아빠가 이혼해서 아빠가 너희들보다 조금 일찍 없게 된 거야. 그리고 나도 언젠가 죽고 너도 언젠가 죽어."

내가 녀석의 참깨만 한 눈을 들여다보며 말하자 녀석이 울음을 터뜨렸다. 하여간 상상력은 풍부한 녀석이었다.

"유치원 선생님 말이, 나는 애답지 않게 냉소적이래요."

할머니가 어깨를 으쓱한다. 그러고는 알코올 솜을 아무렇게나 집어던진다.

"나랑 대화가 통하겠구나."

"외삼촌은 내가 귀여운 맛도 없고 징그럽대요."

"그건 네가 용돈을 얻기 위해서 어른들한테 아양 떨 필요가 없다는 말이지."

"어떤 아저씨들은 내가 웃지도 않는다고 싸가지 없다고 하던데요."

"그건 사람들이 옛날부터 늙으면 하는 소리다. 신경 쓰지 마라."

할머니는 다른 어른들과 다른 말을 한다. 나는 그게 신기해서 할머니에게 아무 말이나 하게 된다. 어느새 떠들다 보니 나는 할머니에게 엄마와 아빠가 이혼하게 된 얘기까지 털어놓고 만다. 바보 같다. 할머니랑 그렇게 친한 것도 아니면서.

"뭐 흔한 이야기죠. 요즘엔 많이들 이혼하잖아요. 뉴스에서도 그랬어요."

할머니가 주위에 지켜보는 사람이 없는지 확인하더니 담배를 꺼낸다. 바람 방향을 확인하고 나와 자리를 바꿔 앉는다. 담배 연기가 내 쪽으로 오지 않게 하려는 것이다.

"남들에겐 흔한 비극이라도 자기가 당하면 서러워지는 게 인간이지."

할머니가 들릴 듯 말 듯 중얼거린다. 어쩐지 눈물이 쏟아질 것 같아서 짜증이 난다.

"어쩌면 나 때문인지도 몰라요. 내가 태어나지 않았으면……."

"네가 태어난 게 네 탓은 아니다."

할머니가 코로 담배 연기를 내뿜는다. 나는 입을 다문다. 연기가 내 쪽으로 오지도 않는데 눈이 맵다.

"할머닌 이름이 뭐에요?"

그러고 보니 우린 서로 이름도 모른다. 원래 사람들이 만나면 이름부터 알려주는데. 우리는 첫 만남부터가 이상해서였나.

"알려고 하지 마라. 난 여기 얼마 안 있을 거야."

"내 이름은……."

"네 이름도 말하지 마. 알면 나중에 헤어질 때 슬퍼져. 넌 그냥 '꼬마'로 있으면 돼."

할머니가 남은 재를 털어내고 손수건으로 용머리를 잡아 지팡이에 끼운다. 할머니와 나는 서로 말이 없다. 어색함에 굴러가는 나뭇잎만 쳐다본다.

"하지만 네가 하고 싶은 말이 있으면 얼마든지 해도 된다. 나한테 이제 남은 건 시간뿐이니까."

할머니가 빨간 안경 아래로 나를 내려다본다. 어쩐지 안심이 되어 웃음이 나온다. 내가 웃자 할머니의 한쪽 입꼬리가 슬쩍 말려 올라간다.

"그럼 '레모네이드 할머니'는 어때요?"

"레모네이드 할머니?"

"할머닌 맨날 레모네이드만 마시잖아요. 그렇게 부르면 다른 할머니들이랑 구분도 될 거구요."

나를 바라보는 레모네이드 할머니의 왼쪽 눈동자가 분주

하게 움직인다. 오른쪽 눈은 나를 꿰뚫어 보려는 듯 무섭도록 움직임이 없다. 저게 가짜 눈이라는 걸 알면서도 긴장이 된다. 잠시 생각하는 듯하던 할머니가 나쁘지 않았는지 작게 고개를 끄덕인다.

"그럼 이제 할머니는 탐정 '레모네이드'예요. 난 조수 '꼬마'고요."

내 형편없는 작명 센스를 탓하려는 듯 레모네이드 할머니가 피식 웃는다. 싫다는 뜻은 아닌 것 같아 안심이 된다.

"할머닌 가족 없어요? 찾아올 자식은요?"

다리를 흔들어 발밑에 있는 돌멩이를 차고 싶지만 다리가 짧아 잘 닿지 않는다. 안경을 고쳐 쓴 레모네이드 할머니가 연못의 오리들을 주시한다. 저러다 배라도 갈라 보자고 하는 거 아닐까.

"난 자식이 없어. 자식이라니, 그런 무서운 거 안 키운다."

할머니가 세상에서 제일 무서운 말을 들은 것처럼 눈을 꾹 감고 고개를 턴다. 생각만 해도 몸서리가 쳐질 정도인가 보다.

"아이구, 아이구! 사람 살려!"

"할머니!"

우리 앞으로 웬 할아버지가 눈을 가리며 마구 뛰어간다.

그리고 그 뒤로 살색의 뭔가가 빠르게 지나간다. 앞서간 두 사람을 한 아저씨가 쫓고 있다. 나는 무릎으로 서서 벤치 뒤쪽으로 몸을 돌린다. 자세히 보니 우는 할아버지를 웃통을 벗은 할머니가 깔깔 웃으며 쫓고 있다. 공원을 반 바퀴 정도 돌고 나서야 할아버지와 할머니는 다른 사람들에게 붙잡혀 뛰기를 그만둔다. 나와 같이 돌아보던 할머니가 킬킬대며 웃는다.

그때 공원을 가로질러 식당으로 가는 한 무리의 아줌마들이 보인다. 카페에서 음료를 시켜 식당에서 마시는 모양이다. 그 뒤를 쟁반에 음료를 가득 얹고 따라가는 아저씨, 아줌마의 모습이 보인다. 엄마랑 같이 여기서 일하는 사람들이다. 문득 아줌마들의 가방에 달린 장식이 눈에 띈다.

"할머니, 저기 오리들이 있어요."

다급하게 레모네이드 할머니의 어깨를 두드린다. 서로 다른 모양의 가방을 들고 있지만 가방에 달린 장식은 같다.

"따라가 보자."

레모네이드 할머니와 자리에서 일어나 식당으로 향한다. 원래 식당에 앉아 있던 할아버지 할머니들에다 아줌마들까지 더해서 앉으니 식당이 거의 꽉 찬다. 우리는 아줌마들과 가장 가까운 자리에 앉아야 해서 다른 할머니와 도와주는 아저씨가 앉아 있는 테이블에 같이 앉았다. 분홍색 꽃무늬 카디건을 입은 맞은편의 할머니는 우리가 인사해도 들리지 않는지 멍한 눈빛으로 카페 천장을 바라보고 계속 입을 벌리고 있다.

음료를 서빙하고 가려는 아저씨에게 레모네이드 할머니가 커피 한 잔과 내 몫의 아이스크림을 부탁한다. 나는 아줌마들이 하는 말을 엿듣기 위해 의자를 조금 뒤로 빼서 앉는다.

"우리 다음 주에 치매 노인 후원 바자회 있는 거 아시죠? 물품은 다음 주 화요일까지 정희 엄마한테 모아 주세요."

"물품 같이 정리하기로 하신 분들은 수요일 오전에 저희 집 근처에서 모여서 브런치 해요. 밥 먹고 일해야죠."

"이거 오리 백참 300개 더 주문됐어요? 우리 치매 노인 후원회 상징으로 바자회 오시는 분들한테 무료로 나눠드릴 거예요."

아줌마들은 치매에 걸린 할아버지 할머니들을 후원해 주는 모임인가 보다. 가방에 달려 있던 반짝이는 오리는 그 모임에 다니는 아줌마들이 달고 다니는 거고.

바자회에 대한 얘깃거리가 다 떨어졌는지 곧 다른 주제로 넘어간다. 삼삼오오 둘러앉은 사람들끼리 떠들기 시작하고 아까보다 대화 소리는 더 커진다. 가방을 강아지처럼 끌어안고 둥그런 탁자에 모여 앉은 아줌마들이 서로에게 말하고 있다. 사방에서 말소리가 들려온다.

누구가 어느 학원에 다니는데, 근데 그 학원 선생들이…… 저번에 어느 헬스 센터에 가서 피티를 받았는데 글쎄 거기서…… 요즘 부동산 시세가…… 땅값이 그렇게 올랐다던데…… 그래, 나도…… 그런데 누구는 그거 했어? ……어떻게 됐어? 누구 아빠가 잘됐다며…… 연봉이…… 사업은…….

레모네이드 할머니도 나도 대화에 귀 기울이려 했지만 말소리가 겹치고 겹쳐 무슨 소린지 알아들을 수가 없다. 할머니가 내 귓가에 대고 "주둥이로 만든 방 같구나." 하고 중얼거린다. 나는 고개를 끄덕인다. 아무리 귀 기울이려 해도 별 소득이 없다. 다만 서로가 서로를 굉장히 잘 알고 있고 친밀하지만 서로를 좋게 여기지 않는다는 것만은 강하게 느껴진다. 친절로 포장되어 있지만 서로를 향해 날아가는 말 곳곳에는 바늘이 박혀 있다.

말소리가 이제는 마치 벌이 웅웅거리는 소리처럼 들린다. 곧 식당 전체가 하늘로 날아갈 것만 같다. 이젠 벽조차 말하고 있는 것처럼 느껴진다. 대화가 이리저리 튀어서 더 이상 듣고 있기도 힘들다. 우리가 알고 싶은 걸 알려면 뭘 물어봐야 할까? 쉽게 대답해 주려고 하지 않을 텐데 어떻게 답을 이끌어 내야 하지? 생각하고 있는데…….

쨍그랑.

레모네이드 할머니의 커피 잔이 바닥으로 떨어진다. 갑자기 찬물을 끼얹은 듯 주위가 조용해진다. 아줌마들의 눈길이 우리에게로 쏠린다. 우리 맞은편에 앉아 있던 할머니는 아직도 천장을 바라본 채 입을 벌리고 있다.

"괜찮으세요?"

항상 웃고 다니는 형이 재빨리 빗자루와 쓰레받기를 들고 다가온다. 갑자기 레모네이드 할머니가 자리에서 벌떡 일어난다.

"여기서 얼마 전에 아기 낳은 사람 있소? 아니면 아기 낳은 사람 본 일은?"

아줌마들의 표정에 물음표가 떠오른다. 다들 어리둥절한 표정이다. 하지만 두 사람은 다르다. 유난히 당황해 얼굴이 빨개진 사람과 그 사람을 보며 알듯 말듯 미소를 짓는 사람이 있다.

조용했던 주위가 수군대는 목소리들로 채워진다. 우리 앞에 앉아 있던 아저씨가 할머니를 말리기 전에 일어나 식당 밖으로 나간다. 맞은편의 할머니는 이제 천장을 바라보는 대신 우리를 바라보고 있다. 초롱초롱 빛나는 맑은 눈빛이다.

공원으로 숨어들어 나무 옆에 선다. 할머니의 팔로도 다안 감길 만큼 큰 나무다. 할머니는 사람들의 눈을 피해 지팡이에서 담뱃대를 뽑아 담배를 피운다. 나는 반대편에서 식당 쪽을 향해 손으로 망원경을 만들고 지켜본다.

"아까 너도 봤지? 얼굴 빨개지던 여자."

"네."

"그 사람이 어디로 가는지 잘 봐라. 보이면 바로 쫓아가야 돼."

"알았어요."

나뭇잎이 바람에 흔들리는 소리가 파도 소리처럼 지나간다. 조용한 오후다. 다들 어디로 갔는지 공원엔 사람이 몇 명 없다. 뒤에서 할머니가 담배를 다시 지팡이에 꽂는 소리가 들린다. 식당 쪽도 대화거리가 떨어진 듯 아줌마들이 자리에서 일어난다. 아까 얼굴이 빨개진 아줌마가 제일 먼저 식당을 빠져나오는 모습이 보인다.

"할머니, 가고 있어요. 지금요!"

내 목소리에 할머니가 손수건으로 지팡이를 잡고 뛰듯이

걷는다. 핸드폰으로 누군가와 통화하던 아줌마는 주위에 누가 따라오는지 눈치를 보더니 2층으로 올라간다. 할머니와 내가 걸음이 느린 덕분인지 들키지 않게 적당한 거리에서 미행할 수 있다.

2층 계단에서 사라진 아줌마를 쫓아가자 2층 중간의 교실로 들어가는 뒷모습이 보인다.

"놀이 치료 하는 곳이야."

할머니가 작은 목소리로 속삭인다. 할머니가 지팡이 소리를 내지 않기 위해 지팡이를 들고 벽을 살짝 짚는다. 나도 숨을 죽이고 아줌마가 사라진 교실 쪽으로 살금살금 걸어간다. 교실에 가까워질수록 교실에서 흘러나오는 목소리가 커진다. 할머니와 나는 반쯤 열린 문에 귀를 바짝 갖다 댄다.

"왜 전화는 안 받아?"

"여기로 오라고 문자 보냈잖아. 왜?"

"대체 어떻게 된 거야? 소문났어!"

"무슨 소리야? 소문이 나다니?"

문 너머로 아저씨와 아줌마의 목소리가 들린다. 화난 아줌마가 굵은 목소리의 아저씨에게 따지고 있다.

"우리 만나는 거 말이야! 여기 할머니가 알 정도면 우리

남편이랑 자기 와이프 귀에도 이미 들어간 거 아니냐구. 소
문 절대 안 날 거라며!"

"흥분하지 말고 얘기해. 뭐가 어떻게 된 건데?"

"아까 식당에서 후원회 사람들이랑 얘기하고 있는데 여
기서 지내는 할머니가 커피 잔을 와장창 깨면서 딱 그러는
거야. 여기서 얼마 전에 애 낳은 사람 없냐고. 그게 우리 얘
기지 뭐겠어. 그때 낙태 수술 한 거 소문 난 거 아니냐구.
그래서 내가 아는 데 가서 조용히 하고 오겠다니까 그럴
필요 없다며. 자기가 아는 데서 하면 오히려 알려질 일도
없고 기록도 안 남고 좋다며!"

아줌마의 날카로운 목소리와 함께 아저씨를 때리는지 퍽
퍽 소리가 들린다. 이젠 머리를 뜯기는지 아저씨의 신음과
함께 "아니, 그럴 리가 없는데……." 하는 기어들어 가는 목
소리가 간간이 들린다.

정말 저 둘이 범인일까? 아기를 쓰레기장에 버린 범인이?

톡톡.

그때 내 등 뒤로 뭔가가 닿는다.

"으악!"

등을 두드리는 감촉에 놀라고 뒤를 돌아보니 웬 아저씨
가 서 있어서 더 놀라고, 그 사람이 웃고 있어서 더 놀란다.

나는 소리를 지르며 할머니 치마 뒤로 숨는다. 내 소리가 들렸는지 안에서도 대화가 뚝 끊긴 것이 느껴진다.

"미안, 많이 놀랐니?"

내 등을 두드린 아저씨는 웃고 있다. 뿔테 안경을 쓴 게 원장 아저씨랑 많이 닮았는데, 원장 아저씨보다 좀 더 큰 입으로 새하얀 이빨을 쫙 드러내며 웃고 있다. 나는 엄마랑 보던 뉴스에서 저런 미소를 많이 보았다. 늘 무슨 문제로 잡혀가는 유명한 아저씨들이 짓던 웃음이다. 눈은 전혀 웃고 있지 않은데 입은 웃고 있어서 너무 무섭다.

"여기 계셨군요. 의자 가지러 오신 거죠? 아이고, 저희들이 다 해 드려야 되는데."

"아, 뭐……."

할머니가 말끝을 흐리며 한 걸음 뒤로 물러선다. 안경 쓴 아저씨가 말을 잇는다.

"얼마나 노인분들께서 고생이 많으십니까. 나라를 일으켜 세우신 분들 아닙니까. 그 고생 얼른 끝나게 해 드려야 되는데 저희가 부족해서 정말 죄송스럽습니다……."

안경 쓴 아저씨는 알 듯 모를 듯한 말을 한다. 할머니도 나도 저 아저씨가 무슨 말을 하는 건지 알 수가 없다. 어리 둥절해 있는데 교실 안에 있던 아저씨와 아줌마가 나오는 소리가 들린다.

"무슨 소란입니까?"

큰 덩치에 기름이 줄줄 흐르는 붉은 얼굴을 한 아저씨가 말한다. 양쪽에 서 있는 아저씨를 피해 나는 벽에 등을 기댄다. 내 앞을 할머니의 엉덩이가 막아선다.

"아, 할머니가 아기랑 의자 가지러 오셨어. 자네들도 영화관에 모자라는 의자 가지러 온 거 맞지?"

아줌마는 안경 쓴 아저씨를 보고 다시 얼굴이 새빨개지더니 "예, 뭐⋯⋯." 하고는 도망치듯이 계단을 달려 내려간다.

"에이 씨발, 늙으면 뒈질 것이지. 왜 싸돌아다니고 지랄이야."

안경 쓴 아저씨가 상황을 정리해 버리니 할 말이 없었는지 햄 같은 얼굴의 아저씨는 바닥에 침을 탁 뱉고는 사라진다. 얼굴은 도망치던 아줌마보다 더 새빨갛다.

"여기서 뭐하세요?"

언제 왔는지 엄마가 안경 쓴 아저씨 옆에 서 있다.

"오셨어요? 할머니가 아기랑 의자 가지러 오셨나 봐요. 방금 만났어요."

"의자는 저희 둘만 가기로⋯⋯."

엄마가 할머니 치마 뒤의 나를 발견한다. 엄마의 표정이 일그러진다.

아저씨와 엄마가 의자를 나눠 들고 할머니와 내가 뒤를 따른다. 할머니의 얼굴도 조금 굳어 있다.

영화관에서 가족들이 다 같이 모여 영화를 보는 행사가 있는 모양이다. 영화관이 사람들로 바글거린다.

"잠깐만 기다려. 엄마가 할머니랑 잠깐 얘기 좀 하고 올게."

의자 위에 올라앉은 나를 보고 엄마가 말한다. 옆에 있던 직원 아줌마에게 나를 부탁한다. 나는 알았다고 고개를 끄덕인다. 하지만 엄마 말을 들을 내가 아니다. 아줌마에겐 화장실에 간다고 말하고 조심스럽게 엄마와 할머니를 따라간다. 엄마는 영화관 입간판 옆에 서 있다.

"제가 말씀드렸잖아요. 애랑 남자 어른이랑 접촉하게 두지 마시라고요."

"미안하오. 어쩌다 보니 상황이 그렇게 됐소."

"걔는! 걔는⋯⋯ 지금 트라우마가 있는 애예요. 제 아빠라는 인간한테 학대당해서요."

엄마는 화를 꾹꾹 누르고 있다. 할머니에게 으르렁거리는 모습이 마치 티비에서 보던 새끼를 지키는 어미 호랑이 같다.

"하지만 걘 극복할 거요. 난 알 수 있소."

"무슨 일이죠?"

원장 아저씨가 이쪽으로 다가온다. 엄마가 당황한다. 나를 일하는 곳에 데리고 온 것만 해도 원래는 있을 수 없는 일인데 나 때문에 여기 사는 할머니에게 소리를 질렀다고 하면 엄마는 잘릴지도 모른다. 그때 할머니가 나선다.

"별 거 아니오. 내가 영화에 대해서 좀 물어보고 있었소."

할머니가 몸을 홱 돌려서 걸어간다. 그리고 벽에 붙어 서 있는 날 보지도 않은 채 말한다.

"어서 가자."

임시로 가져다 놓은 의자에 할머니와 나란히 앉는다. 영화관에 불이 꺼진다. 사람들이 대화하는 소리는 여전하다. 어두워서 그런지 사람들 말소리가 좀 더 낮아진다. 말소리가 낮아지자 아늑하게 느껴진다.

잠시 후 할머니가 내게 속삭인다.

"네 엄마는 적어도 돈에 자식은 안 팔 거다."

"무슨 말이에요?"

"여기 있는 사람들은 다들 내 눈치를 봐서 아무 말도 못 하는 인간이 한둘이 아닌데 네 엄마는 할 말은 하잖냐. 네 엄마는 좋은 사람이다."

"근데……."

뭐라고 말을 하려고 했는데 화면에 불이 켜지며 영화가

시작된다. 누가 먼저랄 것도 없이 할머니와 나는 곯아떨어진다.

아쉽다. 곰이 나오는 애니메이션이었는데.

3 여섯 살의 흰머리

"엄마, 심심해."

아이가 웬일로 칭얼거렸다.

"엄마, 오늘은 출근 안 해?"

"응. 오늘은 쉬는 날이야. 밥 마저 먹어."

그 할머니와 만나지 못해서 저러는 거였다. 아이는 내 눈치를 보더니 더 이상 보채지 않고 입에 밥을 밀어 넣었다. 그 모습을 애써 못 본 척 머리를 묶고 세탁기에 빨래를 집어넣었다. 세탁기를 돌리고 돌아서니 아이는 이미 발판을 밟고 올라가 그릇을 설거지통에 넣어놓고 바닥에 널린 물건들을 치우고 있었다.

"엄마, 자 청소기."

아이는 코드까지 꽂아 청소기를 건네줬다. 다른 사람들이 보면 애가 어쩜 저렇게 똑똑하고 말도 잘 듣냐고 했을 테지만 나는 이 아이가 걱정된다. 아이가 일찍 커 버린 게 내가 부족한 엄마라는 반증인 것 같아서.

거실부터 청소기를 돌리자 아이는 책장에서 마음에 드

는 책을 집어 들고 자기 방으로 얌전히 들어갔다. 청소기 소리가 백색소음이 되어 마음을 편하게 만들어 줬다. 팔을 기계적으로 움직이는 사이 정신이 점점 멍해졌다.

나는 애 아빠와 이혼했다.

남편도 의사였다. 그는 늘 자신감에 넘치던 사람이었고 머리도 좋았다. 그리고 내게 잘해 줬다. 적어도 자신이 기분 좋을 때는.

그가 손찌검하는 버릇이 있다는 건 사귀게 되고 나서 얼마 지나지 않아서였다. 내 옷차림을 가지고 지적하는 것도 처음엔 그저 남자라서 흔한 일이겠거니 했다. 하지만 날이 갈수록 강도는 점점 세졌다. 그는 내가 만나는 사람들을 감시했고 연락에 집착했다. 그것뿐이었다면 멍청한 나는 그가 나를 너무 사랑해서 그러는 거라고 착각할 수 있었을지 모른다.

하지만 내가 그와 똑같은 짓을 하는 건 용납되지 않았다. 그가 밤늦은 시간에 누굴 만나든 나는 알려고 해선 안 되었으며 그가 만나는 나쁜 소문이 도는 친구들에 대해서도 한마디도 입을 열면 안 되었다. 그가 하는 연락은 재깍재깍 받아야 했지만 내가 그에게 하는 연락은 자주 무시당했다.

처음엔 술로 시작했다. 술에 취해 내 자취방에 찾아와서 주정을 부리고 말다툼이 일어나면 폭력을 행사했다. 처음엔 손목을 잡고 끌더니 다음엔 어깨를 세게 붙잡아 흔들고 나중엔 머리를 쳤다. 다음 날 술이 깨면 그는 내게 손이 발이 되도록 빌었다.

헤어지자고 생각했다. 그런데 아이가 생겼다. 비극이었다.

아이를 지우자고도 생각했지만 그럴 수가 없었다. 너무 무서웠다. 차마 죽일 수가 없었다. 나를 위해선 헤어져야 했지만 이왕 낳기로 한 이상 아이에게는 아빠가 필요하다고 생각했다. 그리고 그도 애 아빠가 되면 책임감도 생기고 좀 나아지겠거니 했다.

오산이었다.

만만한 약자를 패는 버릇이 어디 갈 리 없었다. 나중엔 술을 먹지 않아도 그랬다. 그는 내게 '남자 발목 잡는 꽃뱀'이라고 했다. 내가 섹스하자고 칼로 그를 위협했나? 결혼 안 해 주면 얼굴에 염산이라도 붓겠다고 한 걸까? 하지만 나는 참았다. 아이에게는 아빠가 필요하다고 끝없이 되뇌었다. 그렇게 믿고 싶던 건 오히려 나였는지도 모른다. 가정엔 아빠가 필요하다고. 내겐 그가 필요하다고.

어떻게 그는 귀신같이 나 같은 여자를 찾아낸 걸까?

끝없이 참는 여자, 남편의 잘못을 자신의 탓으로 돌리는 여자. 아이에게는 아버지가 필요하다고 철석같이 믿는 여자.

그에게 나는 완벽한 먹이였다. 좋은 여자였고, 착한 아내였고, 기분이 좋지 않은 날 흠씬 두들겨 패도 경찰에 신고하지 않는 훌륭한 샌드백이었다.

착한 개 같은 여자.

아마 그에게 나는 그 정도였을 것이다. 그러니 개 따위가 일찍 들어오지 않았냐고 짖어대면 화가 났던 거겠지. 하지만 말이야, 요즘엔 동물보호법이라는 게 있어. 개를 패도 이 정도로 패면 당신은 잡혀가. 그때 그렇게 말했어야 했다.

날이 갈수록 점점 그는 집에 들어오지 않는 날이 많아졌고 집에 들어오는 날이면 그동안 들어와서 패지 않은 것을 보충이라도 하듯 날 때렸다. 아이는 방문 밖에서 울었고 나는 소리 없이 울음을 죽였다.

그래, 그것까지는 참을 수 있었을지도 모른다.

그는 이혼해 달라고 했고 나는 안 된다고 했다. 그러자 그는 아이에게 손을 댔다. 그제야 스스로에게 했던 세뇌가 깨져 나갔다. 나는 누굴 위해서 그가 필요하다고 생각했던 걸까? 나는 왜 참고 있었던 걸까?

참아서는 안 되는 것이었다. 우리에게는 그가 필요하지 않았다.

그걸 깨닫는데 오랜 세월이 필요했다.

이혼 후 나에 대한 소문이 병원에 퍼지는 게 끔찍해 아는 사람의 소개로 도란마을로 이직했다.

"청소 다 했어. 나와도 돼."

아이가 책을 들고 거실의 소파에 앉았다. 아이 방은 아이가 스스로 청소하기 때문에 딱히 내가 신경 써 줄 게 없다. 여섯 살짜리가 지적할 게 없을 만큼 말을 잘 듣는다. 창문으로 들어온 햇살이 아이의 발끝을 잡을 듯 말 듯 일렁였다. 핸드폰이 짧게 울렸다. 들여다보니 관리비가 자동 이체된다는 문자였다. 문득 통장 잔액이 얼마나 남았는지 궁금해져 은행 앱을 켰다. 1개월 내역까지 보며 샅샅이 뒤졌지만 아이 아빠의 양육비 입금 내역은 없었다.

변호사를 고용해서 월급 압류 시도를 했는데 소용이 없었다. 더 이상 일을 안 해서 압류할 월급이 없었다. 다른 경로로 돈을 받는 게 분명했지만 아는 사람 병원에서 쉐도우 닥터로 일한다는 소문만 들었지 증거를 잡아낼 수도 없었다. 다른 절차를 통하면 일부라도 받아낼 수 있다고 했지만 그마저도 너무 오래 걸렸다. 아이 아빠는 양육비를 달라고 하자 고소를 하든 뭘 하든 알아서 하라는 문자만 남기고 연락이 되질 않았다. 그야말로 배 째라는 식이었다. 결혼생활 동안에도 내 월급으로 생활을 하느라 모아둔 돈도 없고 변변한 전문의 자격 하나 없으니 돈에 여유가 없었다. 그러니 일을 그만두고 아이에게 전념하고 싶어도 그럴 수가 없었다.

마을 생각을 하니 문득 어제 할머니에게 화를 냈던 것이 떠올랐다. 아이가 원하는데 직장에 못 갈 것도 없건만 단칼에 잘라낸 건 그 때문이었다.

할머니에게는 잘못이 없는데. 그 마을에 있는 사람 중 반이상이 남자인데 성인 남자랑 접촉 못하게 하라니, 그게 말이나 되는 소린가. 그럴 거면 아이를 집에 묶어 놓고 나왔어야 했다. 나도 안다. 할머니에게 화를 냈던 건 나라는 인간에 대한 무능함 때문이었다. 오히려 트라우마가 있는 건 아이가 아니라 나일지 모른다. 할머니에게 미안해서라도 오늘은 얼굴을 못 마주치겠다.

아이가 유치원에서 쫓겨난 것도 다 내 탓이지 싶다. 물론 친구에게 부모님도 죽고 너도 언젠가 죽는다는 맹랑한 소리를 한 건 아이지만. 아이에게 있어 부모란 언젠가 죽어 없어지는 존재, 그만큼 기댈 수 없는 불완전한 존재 같은 것 아니었을까. 그렇다면 저 아이가 이토록 어른스럽게 행동하고, 자신의 힘들었던 일을 나에게 티내지 않는 것이 말이 된다.

아이가 남자 어른을 겁낸다는 걸 알게 된 것도 얼마 안된 일이었다. 평소처럼 마트에 갔는데 아이가 남자 화장실을 못 갔다. 화장실이 급하다기에 기껏 화장실 앞까지 데려다주었더니 들어가지 못하고 우물쭈물하기에 무슨 일인가 했다. 왜 그래, 얼른 들어가 하는 사이에 화장실에서 나오던 남자가 아이의 머리를 뒤에서 실수로 치고 말았다. 아이가 그 자리에서 바지에 오줌을 지렸다.

나도 놀라고 아이도 놀랐다. 워낙 자기관리를 잘하고 똑똑해 자존심이 센 녀석인데 그런 모습을 보였으니 얼마나 속상했을까. 그 자리에서 쇼핑을 그만두고 집으로 돌아왔다. 차를 타고 돌아오는 길에 아이도 나도 말이 없었다.

며칠 후 아이와 식탁에 앉아 간식을 먹으며 물어보니 작년부터 그랬다고 했다. 유치원에서는 화장실에 성인 남자가 들어올 일이 거의 없고, 밖에서는 내가 여자 화장실에 데리고 다녔으니 그럴 만도 했다. 올해부터 혼자 화장실에 가게 했다.

분노가 치밀어 올라왔다. 그 개자식이 아이를 때리지 않았더라면. 그 개자식과 결혼하지 않았더라면. 아이를 가지지 않았더라면. 아니, 아예 그놈과 만나지 않았더라면……

이젠 어쩔 수도 없는 후회만이 파도처럼 가슴에 몰아쳤다. 어째서 아이를 낳으면 부모는 이렇게 죄인이 되는 걸까.

결국 아이를 내가 데리고 다니기로 했다. 맡아 줄 사람도 없고 맡아 준다 해도 내가 안심이 되지 않았다. 홀로 남은 내 어머니는 양로원에 들어가 계시고 맡아 줄 시부모도 이젠 없다. 다른 유치원에 간다 해도 아이가 또 같은 실수를 반복하게 될지도 몰랐다. 내년에 초등학교에 가서 잘 적응하기만을 바랄 뿐이었다.

직장에 양해를 구하고 아이와 함께 다니게 되었는데 나와 껌딱지처럼 붙어 다녀 좀 괜찮아졌나 했던 녀석이 이젠 마을의 할머니와 다니겠다고 하는 거다. 사실 마을이라고 해서 딱히 좋은 곳은 아니었다. 겉으로는 번지르르 했지만 들여다보면 구역질났다. 어딜 가든 그렇지 않겠냐만은.

도란마을은 다른 치매 요양 병원보다 좀 특이한 데가 있었다. 환자들이 모두 어마어마한 부자라는 점이 그랬고, 환자들이 모두 치매에 걸리기 전에 미리 계약하고 들어온다는 점이 그랬다. 치매에 걸리면 제한능력자 선고를 받아서 자식들이 재산을 빼돌릴까 봐 유언장도 미리 미리 고쳐 놓는다고들 했다. 그래서 마을엔 늘 유언장을 고치려는 자식들과 내연녀들이 변호사와 함께 들락거렸다. 자식에게 독살

당하지 않기 위해 마을에 들어오는 환자들도 심심치 않게 있다고 했다. 정말이지 차원이 다른 세상이었다.

도란마을은 위치도 참 이상했다. 교외의 골프장 구석에 지은 마을이었다. 물론 골프장에 속한 건 아니었지만. 자식들은 주말엔 골프를 즐기고 남은 시간 동안 보여주기식 효도를 하다 가곤 했다. 더욱 이상한 점은 그런 자식들이 한 달에 한 번 환자들을 자기들 집에 데리고 간다는 것인데 자식들 집에만 갔다 오면 환자들은 상태가 훨씬 안 좋아져서 왔다. 저승사자라도 만나고 온 듯 해쓱한 얼굴들이었다.

환자들도 사회에 있을 때 돈 빼고는 존경을 받을 만한 인물들은 아니었지만 자식들은 더 역겨웠다. 후원회랍시고 모이는 여자들은 서로의 불행을 즐기기 위해 입을 열고 그들의 대화에서는 언제나 썩은 내가 났다. 남자들이라고 별다른 것도 아니었다. 그들은 자신의 노력으로 얻지 않은 부를 자랑하기 바빴으며 마을은 은밀한 불륜의 현장으로 사용되고 있었다.

그러던 와중에 그 사건이 일어났다. 할머니와 아이가 범인을 찾기 위해 매달리고 있는 사건. 그리고 나도 궁금해하는 사건. 이상한 마을에 이상한 일이 일어났는데 경찰이고 신문이고 아무런 말이 없다. 도란마을은 일종의 치외법

권 지역이 된 것일까?

좋은 날씨에 이런 생각이나 하고 있는 게 아깝다. 아이를 밖에 나가 놀게 해 줘야겠다. 나가자고 하니 아이는 군말 없이 보던 책을 내려놓고 옷을 꺼내 입었다.

동네 놀이터로 나가 그네에 나란히 앉았다. 평일 오전의 놀이터에는 아이들이 없었다. 비둘기와 참새들만이 뭐 얻어먹을 것 없나 해서 어정거리고 있을 뿐이었다. 햇살을 받으며 슈퍼에서 사온 아이스크림을 할짝거리고 있자니 마음이 여유로웠다. 아이보다 내가 놀이터에 더 오고 싶었던 것 같았다. 아이는 놀이기구에는 관심도 없이 아이스크림을 깨작거렸다. 곧 아이스크림이 손가락으로 흘러내릴 것 같았다.

"아, 글쎄 내가 아까 와서 가져간다고 했다니까 그래."

"먼저 가져가는 사람이 임자지! 고물에 맡아 놓는 게 어딨어! 그렇게 치면 이 동네 고물은 내가 다 눈도장 찍었으니 내 거겠네!"

"슈퍼 주인한테 물어보슈!"

아이스크림을 사 왔던 슈퍼 쪽에서 큰 소리가 났다. 자세히 보니 슈퍼에서 나온 박스를 두고 폐지 줍는 할아버지와 할머니가 싸움이 붙은 모양이었다. 싸움은 슈퍼 주인이 나와서 중재해 주어 싱겁게 끝이 났다.

그러고 보면 도란마을은 정말 초현실적인 공간이었다. 치매에 걸리지 않은 노인들도 저렇게 살기 어려운 판국에 치매 환자들을 일반인처럼 대해주고 그렇게 잘 돌봐주니까.

"엇, 흘렀다."

슈퍼에 한눈이 팔린 사이 아이의 손은 아이스크림이 흘러내려 이미 흥건해져 있었다. 손수건을 꺼내 닦아 주니 오늘은 별로 먹고 싶지 않다며 아이스크림을 버려도 되냐고 물었다.

"그래."

아이가 녹은 아이스크림을 쓰레기통에 버리고는 수돗가로 다가가 손을 씻고 왔다. 나는 쭈쭈바를 쭉쭉 빨아먹었다. 정말 누가 어른이고 아이인지 모르겠다.

"어."

아이가 다시 그네에 앉는 모양을 바라보는데 흰머리가 난 것이 눈에 들어왔다.

"왜 그래? 엄마."

"잠깐만, 너 흰머리 있어."

햇빛에 비쳐 반사된 게 아닐까 하고 쭈쭈바를 입에 문 채로 아이의 머릿속을 뒤졌다. 아이의 생각도 이렇게 뒤져서 무슨 생각을 하고 있는지 알 수 있으면 좋을 텐데. 그러면 내 아들의 머릿속은 하얀색의 슬픔으로 꽉 차 있는 걸 보게 되지 않을까?

아이의 아얏 하는 소리와 함께 뽑아 보니 진짜 흰머리였다. 맙소사. 여섯 살짜리한테 흰머리가 나다니.

"이거 봐. 진짜야."

아이가 흰머리를 받아서 관심 있게 보는가 싶더니 훅 불어 바람에 날려 버린다.

"레모네이드 할머니한테 이런 거 엄청 많아."

"레모네이드 할머니? 너랑 같이 다니는 할머니 말이야?"

"응. 그 할머니는 '레모네이드 할머니'고 나는 '꼬마'."

레모네이드는 그렇다 치고 그냥 '꼬마'라니. 피식 웃음이 났다. 누가 붙여 준 이름인지 짐작이 갔다.

그 할머니를 엄청 좋아하긴 하나 보다. 할머니를 졸졸 따라다니면서부터는 화장실도 무리 없이 가고 매일 틀어박혀 책이나 읽던 녀석이 밖에도 잘 걸어 다녔다. 할머니가 아기를 죽인 범인을 쫓고 있는 것 같아 마음에 걸리긴 하지만 그다지 위험한 일이 있을 것 같지는 않았다. 그녀는 원장도 눌러 버릴 정도로 힘 있는 사람이었다. 부자들의 마을에서 더 부자라면 얼마나 부자인 걸까? 그녀가 굉장한 부동산 재벌이라는 소문을 듣기는 했지만 정확한 건 나도 알 수 없었다. 그런 사람에게 불같이 화를 내다니 나도 참 겁이 없었다. 상대가 부자라고 해서 화를 내지 못할 건 없지만 자본주의 사회에서 주눅이 드는 건 사실이니까.

할머니가 마을에 들어오던 때가 생각났다. 할머니의 배경을 모르던 때에도 그녀는 정말 특이했다. 원장이 내게 입원 상담을 하라며 맡겼고 그녀와 공원 벤치에 앉아서 이야기를 나누었다.

대부분의 환자들이 치매가 좀 진행이 된 상태에서 마을에 들어오곤 한다. 계약 후 기다리는 시간이 있어서이기도 하고 다들 자신이 치매에 걸려도 치매일 거란 생각을 안 하니까. 하지만 할머니는 꽤 멀쩡했다. 치매 초기여서 증상이 많이 나타나지 않았다. 지금도 상태가 크게 심해지지는 않았다. 굳이 여길 왜 들어오나 싶을 정도였으니까.

하나의 마을로 구성되어 있고 일반인들처럼 생활할 수 있게 도와준다고는 하지만 엄연히 치매 요양 병원이었다. 항상 사람이 따라다니고 외출도 자유롭지 않았다. 서서히 기억을 잊어가는 이들에게는 항상 새로운 곳이겠지만 상태가 심하지 않은 사람에게는 지겨운 곳임에 틀림없을 것이다. 그래서 나는 그녀에게 이렇게 말했다.

"선생님이 치매 진단도 받으셨고 확실히 증상이 있으시긴

합니다만 아직 초기세요. 오히려 밖에서 지내는 것보다 여기서 지내는 게 더 불편하실 수도 있어요. 여긴 항상 사람들이 따라다니거든요. 감시당하는 느낌을 받으실 수도 있고요. 차라리 좀 더 있다 오시는 게……."

"오히려 잘됐소. 난 적이 많아서 누가 죽이러 올지도 모르는데 지켜보는 사람이라도 많아야 할 것 아니오."

그렇게 알쏭달쏭한 대답을 하고 그녀는 씩 웃어 보였다. 본인도 들어오고 싶어 하고 원장도 들어오시게 하라 해서 들어오긴 했지만 그녀는 내게 여전히 물음표로 남아 있었다. 돈이 있다고 해도 마음대로 들어올 수 없는 마을에 긴 대기 줄을 무시하고 그녀는 들어왔다. 항간에는 그녀가 마을 땅의 소유자였고 땅 파는 조건이 자기가 치매에 걸리면 마을에 들어오게 해 달라는 거였다는데 정확한 사실은 나도 잘 모르겠다. 물어보지도 않았고 할머니가 스스로 말한 적도 없었다. 사람이 늙으면 대부분 자신이 어떻게 살아왔는지 얘기하고 싶어 하기 마련인데 할머니는 한 번도 말을 꺼내지 않았다. 그야말로 안개에 싸인 여인이었다.

"엄마, 전화 와."

아이가 내 손을 톡톡 치며 불렀다. 정신을 차려보니 윗옷 주머니 속에서 핸드폰 진동이 울리고 있었다. 꺼내 보니 도란마을 번호가 찍혀 있었다. 무슨 일이지?

"네."

"안녕하세요. 서이수 선생님."

전화기 너머로 낯익은 목소리가 들렸다. 같이 일하는 요양보호사 인턴이었다.

"지금 환자 한 분이 쓰러지셨는데요. 잠깐 와 주실 수 있나요?"

"전 오늘 휴무예요. 다른 선생님들은 안 계세요?"

"아, 그게…… 원장님은 어디 가셨는지 연락도 안 받으시고 다른 선생님들도 어디 가셨는지 안 보여서요……. 무전 쳐도 다들 자리에서 벗어날 수 없다고만 하시고…… 앰뷸런스 부를 상황은 아닌 것 같긴 한데……."

애매한 응급상황 같았다. 지금은 별것 아닌 것 같아 보이지만 처치가 늦어지면 상황이 심각해질 수도 있었다. 한숨을 쉬고 그리로 가겠다고 했다. 회사에서 빨리 퇴근하고 싶어서 직장 근처에 집을 잡은 거지 이렇게 종종 불려 가려고 잡은 게 아니라고.

"우리 레모네이드 할머니 보러 갈까?"

내 한마디에 어두웠던 아이의 표정이 구름이 갠 듯 밝아진다. 나도 덩달아 미소 지었다.

차에 올라타 도란마을로 향했다. 아이는 조수석에 앉아 작은 발을 흔들며 즐거워했다.

"할머니랑 다니는 건 괜찮지만 무슨 일 있으면 꼭 말해 줘야 돼?"

"응."

아이는 만족스러운 얼굴로 씩 웃으며 대답한다. 녀석, 대답은 잘하지.

주차장에 차를 세우고 들어가자 나는 환자를 보러 진료실로 가고 아이는 악기점에서 악기를 구경하던 레모네이드 할머니에게 달려갔다. 할머니와 눈이 마주쳐서 서로 눈인사를 했다. 마음이 불편해서 빠른 걸음으로 진료실로 향했다.

진료실에 가니 요양보호사 인턴이 반색을 했다. 엄청 초조했던가 보다. 다들 어디 갔기에 이 모양이지. 안내를 받아 침대로 가니 군복 입은 할아버지가 누워 있었다. 진료실에 자주 오시는 분이었다. 워낙 성격이 괴팍한 데다 다른 사람들에게 소리를 지르거나 손찌검을 해서 아무도 친구가 되어 주려 하질 않았다. 청진기를 귀에 꽂고 진찰을 하려는데 환자가 먼저 배를 걷고 내 손목을 잡았다. 가볍게 한숨을 쉬었다.

"잠깐 진료 좀 도와 주세요."

마을의 남자 환자들은 종종 여자 직원들에게 성적인 행동을 했다. ISB라고 하는, 치매 환자에게 나타나는 증상 중의 하나였다. 왜인지는 모르지만 유독 남자 환자들에게 나타났다. 남자가 하나 곁에 있어야 그 행동을 안 해서 종종 남자 직원들을 불러야 했다. 곁에 보호사가 서자 내 손목을 움켜쥔 할아버지의 손에서 힘이 빠졌다.

청진기로 진찰하고 맥박 확인하고, 동공 움직임도 확인하니 별 이상은 없고 늦여름 더위에 햇볕 아래 오래 서 있어서 일사병이 난 모양이었다. 나이가 들면 조금만 무리해도 금방 탈이 났다. 이온 음료를 갖다 드리고 침대에 누워 쉬시게 했다.

밖에 나가 조금 쉬고 싶어서 진료실을 나서는데 보호사가 원장한테 무전이 왔다고 나보고 큰 나무 밑으로 가라 했다. 얼씨구, 환자들이 필요로 할 땐 어디 가 있다 휴무인 직원을 마구 불러낸단 말인가. 이 동네는 정말 뻔뻔스럽다. 돈만 아니었으면 여기 올 일도 없었을 것이다.

큰 나무 밑으로 가니 여느 때처럼 사다리 위에 올라타 비둘기들을 돌보고 있는 원장의 모습이 보였다. 상체가 나무에 파묻혀서 얼굴이 보이지 않았다.

"아, 왔어요. 서 선생."

나뭇가지 사이로 내가 온 것이 보였는지 원장이 아는 척을 했다. 여전히 나무 속에서 얼굴을 내놓지 않은 상태였다. 나는 그의 얼굴을 볼 수 없지만 그는 나의 얼굴을 볼 수 있다는 게 마음에 안 들었다. 예에 하고 말꼬리를 늘이며 대답하니 원장은 내 기분은 상관없다는 듯 바로 본론으로 들어갔다.

　"선생님 아들이랑 그 할머니랑 요즘 같이 다니죠?"

　아이 이야기가 나오자 갑자기 신경이 곤두섰다. 아이가 무슨 사고라도 친 것일까. 원장이 나무를 뒤적이면서 말을 이어 갔다.

　"다른 게 아니고, 요즘 할머니가 애랑 같이 다니면서 이상한 걸 묻는다던데. 그것 좀 못하게 하세요. 저번에 할머니랑 얘기도 하던데. 아무래도 애랑 같이 다니니까 내 말보단 애 엄마 말을 더 잘 들을 거 아니야."

　결국 자기는 쫄려서 못하겠다는 거였다. 대체 마을 땅을 팔면서 무슨 조건을 걸어 놨는지는 몰라도 원장이 끽소리 못하는 걸 보면 레모네이드 할머니가 어마어마한 거물이긴 한가 보다.

　"할머니 건강에도 안 좋고, 다른 환자들 자꾸 불안하게 만들어요."

원장이 대신 할머니에게 얘기해 달라고 나를 재촉했다. 묻고 다니는 게 왜 건강에 안 좋다는 거지? 오히려 할머니는 예전보다 더 생기 있어 보였다.

"저 오늘 휴무에요."

"네?"

'근데 뭐 어쩌라고?' 하는 말투였다. 심지어 가 보라는 말도 없었다. 사다리를 걷어차 줄까 하다가 주먹 쥐고 뒤돌아나왔다.

갑자기 신경이 곤두서서 그런지 머리가 아팠다. 무전기도 다시 차고 잠깐 앉아 쉴 겸 해서 직원 라커룸으로 갔다. 무전기를 꺼내 차고 있는데 아는 간호사가 문을 확 열고 들어왔다.

"어, 선희 씨. 안녕."

"선생님 오늘 휴무 아니세요?"

"응, 그런데 갑자기 환자 쓰러졌다고 콜 와서."

"아이고…… 하여간 원장님이며 다른 선생님들은 다 뭐하고 다니는지 모르겠어요."

간호사가 땅이 꺼질 듯한 한숨을 쉬며 내 옆의 의자에 털썩 주저앉았다.

"왜, 무슨 일 있어?"

내 질문에 간호사가 마치 들어줄 사람을 기다렸다는 듯 달려들었다.

"지호 할아버지 있잖아요."

"아아, 그분."

지호 할아버지라면 4호실에 사는 할아버지다. 3호실의 윤정이 할머니가 비만 오면 가슴을 열어젖히고 그 할아버지를 쫓아다닌다. 그러면 그 할아버지는 울면서 도망가기 바쁘다.

"그 할아버지 기저귀 갈아드리려고만 하면 자꾸 제 손을 자기 성기에 갖다 대요."

"아이고, 저런."

안타까운 듯 소리를 냈지만 별로 놀랍지도 않았다.

"아니, 똥 치우는 것도 힘들어 죽겠는데 왜 그러는지 모르겠어요. 웬만하면 남자 환자에 남자 직원 붙여야 되는데 또 사람이 모자라면 어쩔 수가 없잖아요? 또 힘들은 어찌나 센지. 아오, 정말. 돈만 아니면 다 때려치우는 건데."

"원래 그래. ISB 증상이라는 거 알잖아."

나도 이런 상황이 싫지만 이렇게라도 동료를 달랠 수밖에 없다. 우리가 할 수 있는 일은 참고 참고 참아서 먹고 살 만큼의 돈을 버는 것이다.

한숨 돌린 간호사가 같이 미미 시스터즈를 목욕시키러 가자고 제안했다. 은미, 진미 할머니는 도란마을에서 만났는데 마치 자매처럼 손을 꼭 잡고 다닌다. 그 모습이 여간 귀엽지 않다. 직원들은 그녀들을 '미미 시스터즈'라 부른다.

"아까 할아버지 기저귀는 갈아드렸고?"

"차던 기저귀는 처리해 드렸고 이후의 과정은 옆에 있던 남직원한테 부탁했어요. 대신 제가 할머니들 목욕시켜 드리기로 했고요."

"그래, 알았어."

간호사와 함께 소매를 걷고 환자들의 방으로 향했다. 목욕 시키고 나면 옷이 또 푹 젖어 있겠지. 성인을 목욕시키는 게 쉬운 일이 아니라 언제나 땀이 비 오듯 쏟아진다. 게다가 몸에 힘이 없거나 목욕하기 싫다고 발버둥치는 사람들도 있어서 여간 고된 일이 아니다.

목욕해야 할 인원 목록을 체크하고 방으로 향했다. 공원에 앉아 이야기를 나누는 아이와 할머니가 보였다. 원장이 할머니를 말리라고 한 말이 생각나서 할머니에게 다가가려다 그만뒀다. 할머니를 말리고 싶지도 않고 오히려 응원하고 싶었다. 나도 사건의 진실이 뭔지 알고 싶으니까.

2호실 거실에 들어오니 이미 몇몇 노인들이 거실 소파에 앉아 있었다. 한옥식 집에 요란한 색깔의 울룩불룩한 쿠션 소파에 노인들이 입은 옷들은 다 명품이다. 어지간한 악취미다.

늙음이란 것은 아무리 좋은 옷이라도 평범하거나 후줄근하게 보이게 하는 마력이 있다. 누가 말해 주지 않는다면 이게 명품인지도 모를 것이다. 여기 노인들에게 명품 옷은 멍청한 젊은 애들에게 내보일 수 있는 마지막 갑옷 같은 것이다. 명품 라벨에 혹하는 자식들에게 무시당하지 않을 수 있는 몇 안 되는 방법이다. 여기서 인간성으로 자식들의 존경을 얻는 부모는 없다.

가까이 앉은 노인들이 큰 소리로 대화하고 있었다. 말이 좋아 대화지 서로에게 고함치는 거나 다름없다. 싸우기라도 하는 것처럼 점점 언성이 높아진다. 귀가 안 들리니까 목소리가 점점 커지는 것이다. 노인들은 멀리서 듣기엔 말이 통하는 것 같지만 가까이서 들어보면 대화 내용은 엉망진창이다. 누구도 서로의 말에 대답하지 않고 자기 할 말만 한다. 하지만 신기하게도 꼭 대화하는 것처럼 말이 오고간다. 누구도 정보를 나누거나 마음을 나누지 않았는데도 대화를 마치면 만족한 얼굴로 돌아간다. 그리고 내일 아침이 밝아오면 또 모여서 그 짓을 시작하는 것이다. 멀쩡한 사람이 대화에 참여한다면 아마 미쳐 버릴지도 모른다. 대화는 이런 식이다.

"그제는 날씨가 좋았지요. 어찌나 해가 좋던지 눈이 부실 지경이었어요. 새로 산 양산을 펼 수 있어서 좋았답니다."

겨자색 캐시미어 카디건을 입은 할머니 하나가 이렇게 얘기했다. 그제는 비가 왔다. 소나기가 억수같이 쏟아져서 저 할머니는 하루종일 2호실 밖으로 나간 적이 없었다. 비 오는 날은 무섭다고 밥도 여기로 가져다 달라고 해서 먹었던 것이다.

"그거 잘됐네요. 우리 아들은 말이죠. 벌써 대학에 들어갔어요. 고맙다고 저한테 절을 하지 뭐에요. 됐다고 해도 이 녀석이 밖에 나가서 돈을 벌어 왔다면서 반짝반짝한 보석들을 한아름 안겨 주는 거 있죠."

초록색 마 셔츠를 입은 할아버지가 말했다. 저 할아버지의 기억은 이미 30년 전으로까지 퇴화한 것 같다. 그의 아들은 이미 배 나온 50대 아저씨다. 그의 아들은 그에게 절을 하지도 않고 한 달에 한 번 마을에 얼굴을 비추고 노인을 집에 데려가 하룻밤 재우고 온다. 그리고 저 할아범은 어김없이 그 다음 날 미친 듯이 소리를 지르며 발작을 한다. 이유는 아무도 모른다. 자기 아버지가 그렇게 괴로워하는데 그의 아들은 왜 똥 씹은 얼굴로 나타나 한 달에 한 번 효자 흉내를 내는 걸까?

"그런데 말이야, 오늘은 마당에서 붉은 꽃을 봤어. 내가 그렇게 가지를 많이 먹으라고 했는데……"

붉은 꽃은 뭐고 가지는 뭐란 말인가. 듣고 있는 내 머릿속이 엉키기 시작했다.

창문 너머로 전화를 받으며 지나가는 원장의 모습이 보였다. 아마 순찰을 한 바퀴 돌고 있었던 모양이다. 무늬만 원장이라도 돈을 받으려면 뭔가 하고 있다는 건 보여 줘야 하니까. 우리의 가벼운 묵례에 원장은 수고하라는 입모양과 함께 손을 흔들고는 사라졌다. 원장의 앞으로 굽은 어깨와 늘어진 뱃살이 사라졌다. 묘한 기시감이 들어서 원장의 뒷모습을 한참 쳐다보다가 간호사가 부르는 소리에 놀라서 돌아보았다.

"선생님, 왜 그렇게 넋을 빼고 계세요?"

"미안. 잠깐 생각 좀 하느라고. 자, 은미님, 목욕하러 가실 까요?"

간호사와 내가 각각 미미 시스터즈를 하나씩 맡고 각자의 욕실로 향했다. 은미 할머니는 조금 무겁긴 하지만 그래도 고분고분한 편이라서 목욕시키기가 훨씬 수월하다. 욕조에 물을 받고 할머니가 옷 벗는 것을 도와드렸다.

늙은 몸은 언제 봐도 충격적이다. 언젠가 나도 나이가 들게 된다면 그렇게 될 것임을 알면서도. 늙은 몸은 인간의 몸이라기보다는 차라리 썩어 가는 고목에 가깝다. 우리의 정신세계는 얼마나 '젊음'에 초점이 맞춰져 있는 걸까. 인간의 '몸'이라 하면 근육이 피부 밖으로 튀어나올 듯 단단하고 주름 하나 없이 팽팽한, 굴곡이 살아 있는 몸을 떠올리지 않는가. 그러나 꽃이 피고 지는 것과 같이 그것은 잠시뿐, 우리는 천천히 썩어가는 몸과 더 오래 살아간다. 하지만 그게 자연스러운 것이고 당연한 거라고 말해 주는 이는 별로 없다. 그걸 보고 예쁘다고 말해 주는 사람은 더더욱 없다. '늙음'에는 추함, 더러움, 멍청함 등의 온갖 역겨운 수식어들이 그림자처럼 따라다닌다. 사람들이 노인들에게 씌우는 '연륜'이라는 단어는 길 위에 싼 똥에 덮어 놓은 신문지 같은 것이다. '늙음'이 남들 보기 싫지 않게끔 가려 놓은 것뿐이다. 그나마 신문지도 없는 사람들은 그대로 남아 악취를 풍긴다.

늙음에 대해 이렇게 냉정하게 말할 수 있는 것도 내가 아직은 젊기 때문일 것이다. 그게 다행스러우면서도 앞으로 닥쳐올 노화를 알고 있기에 입맛이 썼다. 나는 신문지라도 덮을 수 있을까.

"엄마아."

거품을 낸 부드러운 스펀지로 등을 밀고 있는데 은미 할머니가 나를 부른다.

"네."

"엄마, 나 이따가 머리 빗겨 줘. 옆집 순이는 엄마가 머리 땋아 줬대."

"네. 해 드릴게요."

"엄마 어디 안 갈 거지?"

"네. 안 가요."

마을에서 할아버지 할머니들과의 대화는 항상 이런 식이다. 나를 다른 사람으로 착각하면(대부분 자기 가족이지만) 착각한 대로 내버려 둔다. 처음엔 당황했지만 이젠 이것도 익숙해졌다. 누구인지 굳이 알려줄 필요도 없고 그들이 알아서 좋을 것도 없다. 그냥 살아 있는 시간 동안 편안함만 느끼게 해주면 되는 것이다. 이 미친 세계에서 혼란은 정신이 온전한 자의 몫이다.

등줄기에서 땀이 흐를 때쯤 목욕이 끝났다. 수건으로 몸을 닦고 옷을 입힌 뒤 은미 할머니를 침대에 앉혔다. 그녀는 창문에서 불어오는 바람이 시원한지 창문에 기대 눈을 감았다. 씻겨 놓은 직후의 노인들은 마치 아기 같다. 보송보송하고 기분이 좋아 보인다. 그때만큼은 나도 마음을 놓고 웃을 수 있다. 드라이기로 머리를 말리고 둥근 빗으로 머리를 빗어 드렸다.

"아이고, 할머니 왜 이러실까."

"너잖아. 네년이 훔쳐 갔지? 빨리 내놔."

은미 할머니를 침대에 눕혀 낮잠을 재우고 나오는데 맞은편 방에서 실랑이 소리가 들려왔다. 간호사가 들어간 방이었다. 픽 하고 뭐가 깨지는 소리가 나기에 달려가 문을 열었다.

"무슨 일이야? 왜 그래?"

"내 목걸이, 훔쳐 갔어. 내 목걸이 훔쳐 갔어!"

수건으로 몸을 돌돌 만 진미 할머니가 간호사를 보고 소리 질렀다. 바닥을 보니 깨진 꽃병이 이리저리 흩어져 있었다. 그러니까 아무리 장식품 같은 걸 안전하게 플라스틱으로 바꾸자고 해도 말들을 안 듣는다. 아마 금방 치우고 다시 갖다 놓을 돈이 있어서 그러는 거겠지만. 재빨리 청소 직원에게 오라고 무전을 치고 깨진 조각을 주웠다.

"할머니, 할머니는 목걸이가 없어요. 저번에도 그러셔서다 아들네 집에 갖다 두시고선……."

신미 할머니는 보석 욕심이 많아서 자기 방에 장신구들을 갖다 두곤 했는데 그것 때문에 늘 말썽이 많았다. 그걸 지키겠다고 활동을 안 한다거나 밥을 안 먹겠다고 한 적도 있고 아무도 장신구 근처에도 안 갔는데 늘 누가 훔쳐갔다고 의심하는 경우도 많았다. 그놈의 보석들 때문에 사단이 자꾸 일어나니 아예 집으로 보석들을 돌려보냈는데 그 사실을 잊고 종종 진미 할머니는 직원들에게 역정을 내시곤 한다.

　청소 직원이 들어오자 유리조각이 담긴 휴지통을 건넸다. 진미 할머니는 자기가 꽃병을 깬 것 때문에 당황한 데다 목걸이가 없어졌다는 생각에 사로잡혀 거의 울 것 같은 표정을 하고 있었다. 방에 있으면 자지러지게 울며 떼를 쓸 것이 뻔했고 그러면 다른 환자들에게도 영향이 갈 것이었다. 진미 할머니와 함께 방을 빠져나왔다.

　어느새 해가 저물기 시작했다. 곧 저녁 시간이었다. 이왕 나온 김에 식당에 데려다주자 싶어서 칭얼대는 진미 할머니를 달래며 그쪽으로 향했다. 수영장을 지나고 공원을 지나려는데 누군가 2층 교실로 올라가는 모습이 보였다. 얼굴은 보이지 않았지만 그게 원장임을 알 수 있었다. 납작한 뒤통수에 듬성듬성한 정수리 머리카락. 모근 이식술도 받왔다 들었는데 탈모 속도가 시술로 머리카락이 채워지는 속도를 추월한 모양이었다. 피부과에서 관리를 받은 얼굴에서는 반들반들 윤이 났지만 머리카락만큼은 어찌하지 못했다. 돈으로도 안 되는 것이 머리카락이었다.

"저놈이 도둑놈이야, 저놈이……."

진미 할머니가 원장이 사라진 쪽을 가리키며 중얼거렸다. 순간 눈앞에 어떤 영상이 스쳐 지나갔다. 똑같은 뒤통수를 가진 기억 속의 남자가 마치 이상한 나라의 앨리스 속 흰 토끼처럼 뛰어가고 있었다. 한낮의 태양 빛 아래서 벗겨진 뒤통수가 밝게 빛났다. 그게 언제지? 아. 그때구나.

레모네이드 할머니가 좇고 있는 그 사건 현장에 원장도 있었다. 쓰레기장에서 비명 소리가 나고 나를 포함한 가까이에 있던 직원 두세 명이 달려갔다. 내가 쓰러진 청소직원을 발견한 그때 원장은 달아나고 있었다. 아마 청소 직원이 가장 처음 발견한 건 비닐봉지에 싸인 아기가 아니라 원장이었을지도 모른다. 그 사건 이후로 그 청소 직원은 나오지 않았다. 누군가는 해고당했다고도 하고 누군가는 그냥 그 사건이 트라우마가 되어 떠난 거라고도 했다. 이렇든 저렇든 간에 페이가 센 직장을 나이 든 아줌마가 바로 그만둘 정도면 굉장히 강한 동기가 필요했을 것이다. 도란마을이 그 나이대의 특별한 기술이 없는 사람들이 다닐 수 있는 다른 직장보다 월급을 잘 주는 것만은 부정할 수 없는 사실이었다.

할머니에게 말해 줘야겠다. 아이에게 전화를 걸었다. 바로 식당으로 오라고 했더니 이미 식당에 있다고 했다. 식당 유리창 안쪽에서 아이가 나를 알아보고 손을 흔들었다. 진미 할머니를 레모네이드 할머니와 같은 테이블에 앉혀 놓았다.

"할머니. 그날 말이에요. 사건이 있던 날요."

사건 이야기를 꺼내자 누가 와도 시큰둥한 표정이던 레모네이드 할머니의 눈에 반짝반짝 생기가 돌았다.

"그날 할머니가 쓰레기장에 도착하시기 전에 원장님이 있었어요. 거기에."

"원장이?"

할머니의 흰 눈썹이 올라간다. 의아한 일일 것이다. 원장은 마을에 있으면 늘 큰 나무에 풍뎅이처럼 매달려 있거나 어디론가 사람들 모르게 사라지곤 하는 사람이지 쓰레기장을 돌볼 사람은 아니다. 담배는 피우지만 쓰레기장에서 담배를 피웠다고 누가 뭐라 할 사람은 없다. 할머니도 그걸 알기에 의아한 표정을 짓는 것이다.

"네. 저도 경황이 없어서 바로 기억이 안 났지만요. 뭔가 이상하지 않아요? 그때 안나 여사님이 그만둔 것도 원장님 때문이 아닐까 싶어요. 직원들이 왜 그만두는지 물어봐도 대답을 안 하더라고요."

내 말을 들은 레모네이드 할머니가 흐음 하고 한숨을 내쉬고는 일단 알겠다며 수첩을 꺼내서는 무언가를 적기 시작했다.

"다 도둑넘덜이여! 다!"

진미 할머니가 갑자기 식탁을 꽝 내리치며 소리를 질렀다. 식당에 있던 모두가 우리를 쳐다보았다. 아마 내가 생각에 빠져 있느라 평소처럼 말동무를 해 주지 않아서 화가 난 것 같았다.

내가 달래자 진미 할머니가 곧 고분고분해졌다. 오늘 메뉴는 한정식 한상차림이었다. 진미 할머니가 밥 먹는 것을 도우면서 나도 허겁지겁 밥을 먹었다. 맞은편을 보니 레모네이드 할머니는 입맛이 없는 듯 밥을 대충 먹고는 숟가락을 내려놓았다. 아이는 오랜만에 식욕이 왕성한지 밥을 와구와구 먹어 댔다. 진미 할머니가 아이 쪽으로 반찬들을 밀어 주었다.

"우리 강아지가 잘도 먹네. 선생님도 많이 먹어요."

진미 할머니가 웃었다. 가끔 환자들이 제정신이 돌아온 것 같은 말을 할 때면 이상한 기분이 들곤 한다. 진미 할머니가 밥을 오물대는 동안 나도 후식으로 나온 오미자차를 마시며 주변을 둘러보았다. 오렌지색 불빛 아래서 모여 밥을 먹는 사람들은 멀리서 보면 마치 가족 같아 보였다.

식사를 마친 진미 할머니를 방에 데려다주고 나오니 어느새 별이 밤하늘에 총총했다. 퇴근할 시간이 다 되었다. 진료실에 가서 업무 마무리만 하고 나오면 폭풍 같던 하루도 끝이다.

진료실에 가서 이제 막 퇴근하려는 동료와 배턴 터치 했다. 저 친구도 내일 휴무라고 서울에 나가 놀 거라고 했다. 나도 내일은 쉴 수 있다. 피로가 쌓여서 몸이 하루종일 찌뿌둥했다. 내일은 늦게까지 자야지. 그러면 내일 아이도 여기 못 오게 되겠군. 할머니를 못 만나 시무룩해 할 얼굴이 눈앞에 그려졌지만 어쩔 수 없다. 쉬는 날도 있어야지.

컴퓨터 앞에 앉아 진료 기록을 보면서 업무 일지를 썼다. 진료 기구들이 들어 있는 서랍과 장을 열어 늘 있던 것이 제자리에 있는지 확인했다. 항상 같은 자리에 사진이라도 찍어 놓은 듯 그대로 들어 있었다. 평온하군. 그렇게 생각했다. 모두가 있어야 할 자리에 있었다.

마지막 서랍을 열기 전까지는.

마지막 서랍은 주사액 병들이 들어 있는 칸이었다. 뭔가 이상했다. 어제와 비슷했지만 뭔가 달랐다. 마치 틀린 그림 찾기 하듯 서랍을 들여다보다가 진료 기록을 떠올렸다.

없다.

모르핀 한 병이 없었다. 약효가 강한 주사액들을 모아두는 칸이라 따로 열쇠까지 만들어 관리하고 있는 곳인데 어째서 이런 일이 일어났을까. 일회용 주사기가 있던 칸을 뒤져 수량을 비교하자 그것도 하나가 없어졌다.

모르핀은 일정량 이상을 주입하면 사람이 죽을 수도 있다. 대체 누구 손에 들어간 걸까?

이 마을에서 또 누가 사라지게 될까.

등에서 식은땀이 흘렀다.

4   퍼스트 클래스

"이코노미란 걸 발명한 놈은 정말 죽여야 돼. 내가 생각하기엔 퍼스트나 비즈니스 석이 인간이 짐짝처럼 옮겨지면서 불편함을 느끼지 않을 수 있는 최소 단위야. 그런데 돈을 더 벌려고 어쩔 수 없이 사람을 이코노미 석이라는 닭장 같은데 집어넣는 거지."

이번 휴가에 땡처리 항공권으로 나온 이코노미 석을 타고 유럽 여행을 갔다 온 친구 녀석이 푸념한다. 얼마 되지 않는 쉬는 시간에 연락이 뜸하던 친구 녀석에게서 전화가 와 받았는데 결국은 자기 해외여행 자랑이다. 이코노미는커녕 비행기 타고 제주도도 못 가 본 나로서는 뭐라고 해 줄 말이 없다.

"어, 야. 나 이제 다시 일하러 가 봐야겠다. 내가 나중에 다시 전화할게."

그러지 말고 SNS를 해. 그렇게 말하려다 웃으며 전화를 끊는다. 전화할 때부터 계속 눈을 떼지 않고 지켜보던 할머니에게 돌아간다.

내 옆에 앉은 할머니에게 양산을 씌워 드린다. 할머니의
머리카락에 반사된 낮의 햇살이 눈부셔서 눈을 가늘게 뜨
게 된다.

"난 됐소."

할머니가 머리 위에 씌워진 양산을 흘끗 올려다보며 말
한다. 할머니는 이내 손에 쥔 수첩으로 시선을 돌린다. 할머
니 손에 들린 수첩은 사라지는 기억을 붙잡기 위한 마지막
동아줄이다. 하지만 수첩 보는 것마저 잊어버리면 어떻게
하지? 괜히 내가 마음이 조급해진다.

"할머니, 눈 나빠지세요."

"이젠 더 나빠질 눈도 없소."

할머니가 퉁명스럽게 대답하지만 나는 웃는다. 노인들은
귀엽다.

햇살 속에서 공원을 거니는 사람들의 모습이 보인다. 할
머니, 할아버지들을 데리고 다니는 직원들은 마치 아기를
데리고 산책 나온 엄마, 아빠들 같다. 노인들의 양처럼 복
슬복슬한 머리, 오물대는 입을 보면 영락없는 아기들이다.

하지만 나와 같이 있는 할머니는 아기 같지 않다. 거리감
이 느껴진다. 여기 있는 사람들 중 가장 덜한 치매라서 그
런 걸까.

"제가 쓰고 싶어서 그래요. 같이 써요."

나는 할머니 곁으로 조금 더 다가앉는다. 할머니가 조금 움찔하는 듯하더니 나를 내버려 두신다. 덩치 큰 남자가 지나치게 친절하게 구니 무서우셨을 만도 하지. 할머니에게 미안한 생각이 들어 엉덩이를 살짝 뒤로 뺀다.

오늘은 할머니와 같이 다니는 꼬마가 안 나오는 날이라 내가 옆에 붙어 있게 됐다. 오늘 운이 좋은 셈이다. 이 할머니는 다른 할머니, 할아버지들과 달리 손이 훨씬 덜 간다. 밥을 먹여 줄 필요도 없고, 기저귀를 갈아 줄 필요도 없다. 씻겨 줄 필요도 없다. 난 오늘 퇴근 시간까지만 이 할머니 뒤를 따라다니면 된다. 따로 전담이 있는 건 아니고 상황에 따라 곁에 있는 노인들을 돌봐야 하는 게 규칙이지만 오늘 원장님이 이 할머니를 특별히 잘 감시하라고 나에게 신신 당부했다.

처음엔 나도 이 할머니에 대한 소문을 들었기에 긴장했지만 그리 나쁜 사람은 아닌 것 같다. 아니, 오히려 나을지도 모른다. 할머니는 다른 사람들처럼 내게 다짜고짜 반말을 하지도 않고 내 신상을 캐묻지도 않는다. 웬만한 일은 스스로 하려고 한다. 남의 도움을 별로 달가워하지 않는 성격인가 보다.

"내 핸드폰이 어디 있는지 모르겠소. 전화 좀 해 줄 수 있소?"

할머니가 수첩을 펴 자기 전화번호를 보여 주며 물으신다. 할머니의 눈이 나를 본다.

"예. 지금 해 드릴게요."

나는 할머니의 눈을 피하며 핸드폰을 꺼내 전화를 건다. 시선 피하는 게 자연스러웠을까? 크기가 다른 할머니의 눈이 징그럽다거나 한 건 아니지만 어쩐지 할머니의 시선은 나를 꿰뚫어 보는 것 같아 정면으로 마주보기가 부담스럽다.

신호가 가고 벨 소리가 바로 옆에서 들린다. 할머니가 머쓱하게 웃으며 샤워가운 주머니에서 핸드폰을 꺼낸다.

"아이고, 내가 여기 둔 걸 또 까먹었구먼. 고맙소."

역시 할머니도 병을 피해갈 수는 없다. 점점 잊기 시작하는 것이다. 가끔 같이 다니는 꼬마를 보고 어리둥절한 표정을 짓는 걸 본 적도 있다. 가장 최근의 기억부터 잊어가기 시작하니까 할머니가 가장 먼저 잊을 사람은 아마 꼬마일 것이다.

"저번에 있던 일 기억하시오?"

"예? 언제요?"

생각에 빠져 있다가 할머니가 건네는 말에 갑자기 정신

이 든다.

"저번에 그…… 쓰레기장에서 아기 죽은 날 말이오."

아……. 원장님의 말대로 할머니는 그날 충격을 많이 받은 것 같다. 할머니가 그 일에 집착하는 것 같으니 함구하라고 원장님이 말했다. 당황한 나는 말을 더듬는다.

"아…… 그, 글쎄요. 저도 그날 일은 잘……."

"그때 거기 있었던 사람 중 하나 아니오? 내가 봤던 것 같은데."

어째서 이 할머니의 기억은 이다지도 정확한가. 침을 꺽 삼킨다. 할머니의 눈빛이 내 살을 발라낼 듯 예리하다.

"잘못 보신 거겠죠. 다른 사람이랑 절 착각하신 거 아닐까요?"

마을 직원들 사이에선 할머니에게 그날 일에 대해 언급하는 것이 금지되어 있다. 나는 거짓말을 못한다. 이미 얼굴도 붉어지고 눈동자가 흔들리고 있을 것이다. 이미 숨이 가빠서 뇌에 산소가 잘 전달이 안 되는 게 느껴진다. 할머니가 여전히 나를 쳐다보고 있다.

"뭐, 그럼 됐소."

의외로 할머니가 깔끔하게 포기한다. 나는 오히려 더 당황하고 만다. 어쩌면 오늘 할머니를 따라나서게 된 게 행운이 아니라 불운이었을지도 모른다. 심적으로 괴로울 줄 알았으면 안 오는 건데. 차라리 다른 할머니 할아버지 옆에서 수발드는 게 나았을지도.

"하, 할머니 눈은 어떻게 되신 거예요?"

아이고, 젠장. 주먹을 들어 내 머리를 때리고 싶어진다. 할 말을 찾지 못해서 화제를 돌리고 싶었던 것뿐인데 왜 그런 걸 물어봤을까. 이러면 내가 할머니 눈을 의식하고 있다는 들통 나잖아!

"이거? 전쟁 때문이오."

할머니가 대수롭지 않다는 듯 손가락으로 자기 눈을 가리켜 보인다. 왼쪽보다 더 작은 오른쪽 눈이다.

"신기하지? 이거 내 눈알이 아니라오."

할머니가 경련하듯 웃어 보인다. 죄송해서 미칠 것 같다.

"6.25 때 포탄 때문에 눈알이 빠졌소. 웃긴 일이지. 꽝 하고는 정신을 잃었는데 다음 날 일어나보니 한쪽 눈이 없어진 거요. 사람들이 말해 주고 나서야 거울을 보고 알았다니까 그래."

할머니가 남의 얘길 하듯이 말하며 킬킬거린다.

"피난 가시다 그러신 거예요?"

"아니. 난 군인이었소."

"군인요? 여자도 군인이 있었어요?"

나는 말을 해 놓고도 헙, 했다. 쓸데없는 말을 해서 할머니 기분을 상하게 한 게 아닐까.

"그렇지. 아무도 믿지도 않고 생각도 안 하지. 그 당시에 여자가 군인이었을 거라고는. 그래서 보훈 신청 받는 의사들도 무시해. 전쟁 때 다리 다친 내 동기가 보훈 신청하러 갔더니 의사가 비웃더라지 뭐요. 아무도 안 믿지. 암. 내 그 소릴 듣고 보훈 신청 할 마음을 접었소."

할머니의 말을 듣고 보니 내가 미안해진다.

"난 원래 내 얘길 아무한테나 안 하는 사람이오. 나도 비밀을 말했으니 당신도 내게 말해 줄 비밀 하나 없소?"

할머니가 한쪽 입꼬리를 들어 웃으며 묻는다. 그래서 자기 얘기를 스스럼없이 하신 거구나. 어쩌다 보니 빚을 져 버린 셈이다.

"정훈 씨. 무전 안 들려? 4호실 할아버님 좀 도와주세요. 여기는 내가 맡을게."

아, 살았다. 마침 곁을 지나던 간호사 누나가 나를 살려 준다. 통화하느라 빼 놓았던 이어마이크가 제대로 귀에 꽂혀 있지 않았던 모양이다. 나는 알겠다고 하고 자리를 뜬다. 걸어가며 뒤돌아보니 할머니는 아직도 나를 보고 웃고 있다. 그 묘한 웃음에 뭐라도 털어놓아야 할 것 같다.

4번 방에 가니 지호 할아버지가 나를 기다리고 있다. 기저귀 갈 시간이 된 것이다. 이 할아버지는 여자 직원들이 기저귀를 갈아 주려고 하면 성적인 행동을 해서 모두를 당황하게 만든다. 예전엔 어느 중견기업의 회장이었다고 들었는데. 하지만 그것도 다 옛날 일이다. 여기 오면 모두가 똑같아진다. 그냥 세 살짜리 애가 되어 버린다.

방으로 모시고 들어가서 할아버지 바지를 벗긴다. 남자 직원이 오니 실망했는지 할아버지의 얼굴엔 표정이 없다. 변을 본 지 좀 시간이 지난 데다 엉덩이에 손을 넣었던 모양인지 내 어깨를 짚는 할아버지의 손에서 냄새가 난다.

여기가 그렇다. 이게 일상이다. 깨끗이 씻겨 놓은 노인들은 아기 같이 예쁘지만 그 똥은 아기의 것이 아니다. 아무리 자주 씻겨 준다 해도 죽음과 고통의 냄새는 가시지 않는다. 여기 일하는 모두가 말한다. 나는 이 병에 걸린다면 상태가 악화되기 전에 죽겠노라고. 아무리 좋은 환경에 있어도 치매는 치매다. 누구도 도망가지 못한다. 돈이 아무리 많아도 고칠 수 있는 병이 아니다. 뇌는 날로 쪼그라들고, 몸은 날이 갈수록 약해진다. 더 괴로운 건 내가 누군지도 모르게 되는 것이다. 그땐 흘릴 눈물조차 없어진다. 왜 슬퍼

해야 하는지 모르니까.

할아버지를 욕실로 데려가 씻겨 드린다. 어딘가 불편한 건지 아니면 내가 남자라서 싫은 것인지 할아버지는 자꾸만 발버둥을 치신다. 내가 말을 걸며 달래니 할아버지가 조금씩 얌전해지신다. 욕실 거울에 비친 내 얼굴은 웃고 있다. 아마 여기 있는 동안은 계속 웃고 있을 것이다. 어떤 사람들은 나를 보고 말한다. 힘들지 않냐고. 힘들지 않냐고? 그런 질문은 내 자신에게 해 본 적 없다. 살아야 하니까 산다. 힘들고 말고는 지금 따질 일이 아니다.

나는 늘 그 질문을 뒤로 미뤄 놓는다.

수건으로 몸을 말리고 기저귀까지 갈아 드리니 할아버지의 표정이 편안해진다. 나는 여전히 웃고 있다. 얼굴의 근육을 느낄 수 있다. 어느새 몸이 땀범벅이다. 쉴 새도 없이 어느새 점심시간이다. 할아버지를 모시고 식당으로 간다.

할아버지는 계속 음식을 흘린다. 무릎 위에 놓인 냅킨으로 할아버지 입가를 닦아드린다. 그를 위해 고기를 잘게 썬다. 이미 부드럽게 조리되어 나온 함박 스테이크지만 할아버지가 큰 덩어리로 덥석덥석 먹다가는 금방 체할 것이다. 열중해서 고기를 썰고 있는데 누군가 등을 두드리는 것이 느껴진다.

"저기, 와인 좀 내와 봐. 여기 냅킨도 떨어졌으니까 냅킨도 좀."

돌아보니 이미 술이 취했는지 얼굴이 벌건 아저씨가 고개만 돌려 나를 쳐다보고 있다. 아마 여기 주민의 자식들 중 하나겠지. 여긴 방문객도 주민들과 함께 식사하고 간다. 가끔 주민들을 돌보고 있는 직원들에게 이런저런 심부름을 시키는 사람들이 있다.

"지금은 제가 일하는 중이어서요. 저기 웨이터 옷 입으신 분들한테 말씀해 주시겠어요?"

나는 웃는 얼굴로 말한다. 하지만 내 거절이 기분 나쁜지 그가 얼굴을 찌푸린다.

"저 사람들 바빠 보이네. 거 노인네 얌전히 앉아서 밥만 잘 먹고 있구만 좀 갔다 오면 안 되나? 아니면 내가 갔다 와야 돼?"

아저씨의 언성이 높아진다. 함부로 주민 곁을 떠날 수는 없다. 하지만 아저씨가 여기서 계속 소리를 지른다거나 하면 주민들이 불안해 할 것이다. 알겠다고 하고 자리에서 일어난다.

식당 창고로 향하는데 뒤에서 궁시렁대는 소리가 들려온다. 요즘 애들은 서비스 정신이 없다느니, 돈만 받으면 다냐

느니, 일 하나 똑바로 못한다느니…….

　가끔 자기 부모를 돌봐주는 사람들에게 저렇게 무례하게
구는 사람들이 있다. 결국 자기 손해라는 걸 모르는 사람
들. 자기 부모를 돌보는 사람에게 함부로 대하면 자기 부모
가 무슨 대접을 받게 될 줄 알고 저러는 걸까. 실제로 직원
들이 주민들에게 뭘 하는 건 아니지만. 아니, 애초에 저 사
람들은 자기 부모가 어떤 대접을 받든 상관없는지도 모른
다. 애초에 이 마을도 자식들의 즐거움을 위해서 만들어졌
는지도. 직원들의 돌봄은 그들의 죄책감을 떨치기 위한 수
단에 불과하다.

　이런저런 생각을 하면서 아저씨에게 술을 꺼내주고 냅킨
을 가져다준다. 얼굴에 경련이 이는 게 느껴진다. 이러니저
러니 해도 그들의 돈을 받는 입장이니 뭐라고 할 수가 없
다. 자리에 앉는 나를 발견한 친한 간호사 누나가 어깨를
으쓱해 보인다. 원래 다른 직원에게 봐 달라고 부탁하고 자
리를 떴어야 했는데 워낙 닦달을 해대니 그것도 잊었다. 사
정을 알아챈 간호사 누나가 무전을 하는 대신 말없이 돌봐
준 것이다. 마음씀씀이가 고마워 간호사 누나에게 눈인사
를 한다.

　"그 할머니는?"

점심시간이 끝나고 할아버지를 방에 데려다드린 뒤 그제야 한숨을 돌리는데 원장님이 어느새 다가와 매의 눈으로 나를 쳐다본다.

"아, 어쩌다 보니……."

일련의 상황을 빠르게 전달하기가 힘들어서 말꼬리를 흐리니 원장님의 눈빛이 더욱 험악해진다. 언제라도 내 목덜미를 잡아채 살점을 뜯어먹을 것만 같아 "죄송합니다……." 하고 작게 웅얼대고는 할머니를 찾으러 간다. 못다한 말이 목구멍으로 말려들어 뭔가 속이 더부룩해진다.

"여기 계셨군요……."

다행히 멀리 가지 않아 그녀를 찾을 수 있다. 진료실 앞에 서 있는 할머니를 찾아 반갑게 인사를 건네려는데 그녀의 시선 끝에 뭔가가 걸려 있는 게 보인다. 창문 너머로 세 명의 아이들이 약봉지를 손에 쥐고 뭔가 얘길 나누며 웃고 있다.

할아버지 하나가 누워 있는 침대 앞에서 옹기종기 모여 있는 모습이 효심이 지극한 손자들인 것처럼 보이기도 하지만 어쩐지 분위기가 심상치 않다. 청소년기 아이들의 특유의 잔인한 웃음소리가 귀에 거슬린다. 아마 그래서 할머니도 쳐다보고 있던 게 아닐까.

진료실에 들어가니 자리를 지키고 있어야 할 의사는 자리에 없다. 아마 화장실에 간 것 같다. 아이들은 내가 들어온 것을 모르는 듯 손바닥에 알약을 늘어놓고 신중하게 골라내고 있다. 마치 냇가에서 주운 조약돌을 고르는 것처럼 태연자약한 태도다.

"야. 그거 아니야. 빨긴색, 아니다. 분홍색 그거. 그거였어. 저번에 먹었던 거."

가운데에 앉은 단발머리 여자애가 오른쪽에 앉은 파란 옷을 입은 남자애 손바닥에 놓인 알약을 가리킨다.

"그때 존나 재밌었는데. 이거 노란색도 맞지?"

"근데 이거 뭐하러 골라. 그냥 다 섞어 놓고 대충 털어 넣으면 뿅 가는 거 아냐?"

왼쪽에 앉은 남자애가 손에 쥔 알약을 털어 넣는 시늉을 해 보이자 애들이 폭발하듯 웃음을 터뜨린다. 바닥엔 이들이 뜯은 약봉지가 마치 물고기의 비늘처럼 이리저리 흩어져 있다. 침대에 누운 할아버지의 배 위에 하얀 약 봉투가 입을 크게 벌리고 빈 속을 보여 준다. 내 기억에 지금 누워 있는 빨갱이 할아버지의 가족은 평일엔 찾아오지 않는다.

"학생들. 여기서 뭐하는 거야?"

순간 아이들의 몸이 놀라 굳어진다.

"학생들 이 할아버지 가족 아니지?"

아이들이 천천히 몸을 돌려 나를 본다. 하지만 얼굴에 주눅 든 기색이라고는 찾아볼 수 없다. 그냥 사람이 있을 줄은 몰랐는데 갑자기 나타나서 조금 놀란 것뿐이다.

"네."

당당한 태도로 단발머리 여자애가 말한다.

"그거 이 할아버지 매일 드셔야 하는 약인데. 그렇게 마, 막 뜯어도 되는 거야?"

단호하게 말해야 하는데. 늘 남의 말을 들어 주거나 웃으며 대답해 주는 역할만 하다 보니 어린 애들을 혼내는 것도 쉽지 않아 나도 모르게 말을 더듬게 된다. 젠장. 유리창에 비치는 내 얼굴도 무서운 얼굴이 아니라 곤란해 하는 얼굴일 뿐이다. 유리창 너머에서 할머니가 흔들림 없는 태도로 나를 지켜보고 있다. 마치 먹이를 노리는 표범 같아 나조차 긴장하게 된다.

"뭐야. 웬 선비질."

"직원이면 직원답게 일이나 할 것이지."

투덜대던 아이들이 자리에서 일어난다.

"약은 놓고 가야지!"

당황해 소리를 지르자 애들이 손에 쥔 알약들을 바닥에

툭툭 털듯이 내버린다. 색색의 알약들이 차르륵 소리를 내며 바닥에서 통통 튀어 오른다. 진료실 바닥이 금방 엉망이 된다.

"나 참, 드러워서 진짜. 누가 여기 할아버지 할머니들 노망난 헛소리 들어주러 오는 줄 아나. 밖에 재밌는 데가 쌔고 쌨는데."

여자애가 툴툴대자 남자애 하나가 놀리듯 중얼거린다.

"왜, 노인 냄새 나잖아. 그거 맡으러 오는 거 아니었어?"

"야, 됐어. 배불뚝이 아빠한테 가서 사면 될 거 아냐."

"누구? 아아."

"이젠 배불뚝이 아니던데?"

파란 옷을 입은 남자애가 제 티셔츠 속에 손을 넣고 배를 앞으로 내밀어 배 나온 흉내를 낸다. 또 폭발하는 웃음소리. 망연자실하게 자기들의 뒷모습을 바라보는 나를 아는지 모르는지 아이들이 장난치는 모습이 점점 멀어진다.

젠장. 이게 또 내 일이 되어 버린다. 낭패감에 입술을 깨무는데 유리창 너머로 구경하던 할머니가 어느새 다가와 빗자루와 쓰레받기를 건네준다.

"이 동네는 어른들은 역겹고 애들은 불쾌해."

그녀가 문턱에 걸터앉아 긴 곰방대를 꺼내 담배를 피운

다. 여긴 금연구역이니 말리고 싶지만 일단 약 수습이 먼저다. 그리고 내 속에서 방금 꺼낸 것 같은 말을 하는 할머니에게서 즐거움을 빼앗고 싶지는 않다.

"으어⋯⋯."

대충 약들을 쓸어 담고 수습하는가 싶었는데 갑자기 침대에 누워 있던 빨갱이 할아버지가 헐떡인다. 달려가 보니 열이 있고 호흡이 가쁜 것이 여간 심각한 것이 아닌 것 같다. 갑자기 등에 땀이 흐르고 손바닥이 끈적해진다. 급하게 무전을 쳐 보지만 의사에게 연락해 보라는 대답뿐이다. 오늘 출근한 의사는 원장님 하나뿐이다. 그리고 의사에게 연락해 보라는 대답을 한 것도 원장님이다.

"책상 위에 비상 연락망 있잖소."

담배를 다 태웠는지 지팡이에 손수건을 덮어 쥔 할머니가 지팡이 끝으로 진료실 책상을 가리킨다. 그래. 저게 있었지. 헐레벌떡 달려가 비상연락망에서 의사 번호를 하나 찾아내 전화를 건다.

찬물을 떠오고 수건에 적셔 할아버지의 얼굴을 닦아 내리는 사이 서이수 선생님이 도착한다. 대야의 물을 버리러 가는데 할머니의 모습은 어느새 온데간데없다.

어떻게 지났는지도 모르게 하루가 쏜살같이 지나가 버린

디. 정신을 차리고 보니 어느새 버스에 타고 있다. 교통이 좋지 않은 터라 직원들은 대부분 자기 차를 타고 온다. 나는 아직 인턴 기간인 데다 모아둔 돈이 많지 않아 차가 없다. 대신 나는 카풀을 한다.

시내에 있는 집에 가려면 카풀을 해서 가거나 1시간 간격으로 있는 버스를 타야 한다. 도란마을은 교외에 있는 만큼 배차 간격이 길다. 오늘은 같이 카풀 하던 사람이 갑자기 약속이 있다고 해서 버스를 타야 한다. 평소에는 세 사람이 카풀을 하는데 한 명은 밤 근무로 빠지고 운전하는 한 사람은 갑자기 약속이 있다고 내가 차 문고리를 잡고 여는 순간에 말했다. 왜 그런 얘길 그제야 하는 것일까. 알겠다고. 그때도 난 웃고 있었다.

결국 어둑해지는 산길을 걸어 을씨년스러운 버스 정류장에서 40분 정도 기다리다가 버스를 탄다. 버스 유리창으로 미소 짓고 있는 얼굴이 비친다. 정말 저게 내 얼굴일까? 내 얼굴을 의식하기 싫어서 애써 버스 내부로 시선을 돌린다. 버스 곳곳에는 새로운 광고인지 응원문구가 쓰인 광고판이 군데군데 보인다. 자세히 보니 기업에서 후원하는 기업 이미지 광고인 것 같다. 노인들이 청년들에게 보내는 메시지가 사진 위에 캘리그래피로 쓰여 있다.

노력은 널 배신하지 않는다, 내일은 내일의 태양이 뜬다, 기다리면 복이 온다……. 어디선가 들어본 것 같은 말들이 버스 안을 꽉 채우고 있다. 내리는 문 옆에 붙은 '열정만 있다면 뭐든 할 수 있다'에는 누군가 매직으로 갈겨놓은 '좆까'라는 글씨가 선명하다.

어디에도 눈 둘 데가 없어서 사람들 구경을 하기 시작한다. 저녁 퇴근 버스 안의 사람들은 지쳐 보인다. 서로 말없이 손에 든 네모난 화면에 집중하고 있다. 핸드폰 배터리가 간당간당해서 집중할 화면도 없는 나는 마치 사람들 사이에 둥둥 뜬 섬 같다. 어디로도 이어질 데가 없다. 사람들을 구경하다가 옆에 앉은 사람과 눈이 마주친다. 나와 눈이 마주친 여자의 표정이 이상해진다. 아마 웃고 있는 내가 이상한 모양이다.

여기 있는 사람들도 언젠가 치매에 걸릴까. 요즘은 젊은 사람들도 치매에 많이 걸린다고 하니까 그리 멀지 않은 일인지도 모른다. 도란마을의 노인들을 떠올려 본다. 그들도 이 사람들처럼 활발하게 움직이다가 다시 아기가 된 것이겠지. 그러고 보면 인간의 인생은 희한하다. 아기가 자라서 청소년기를 지나 어른이 되었다가 늙어가면서 다시 천천히 아기가 되어 간다. 어쩌면 치매 환자들은 남들보다 조금 더 빠르게 생의 과정을 거꾸로 밟아나가는 중인지 모른다.

하지만 이 버스에 탄 모두가 도란마을에 갈 순 없겠지. 내가 그동안 겪었던 치매 요양 병원 중에서 도란마을은 가장 나은 곳이다. 치매 환자들이 자유롭게 생활할 수 있게 놔두는 병원은 그리 많지 않다. 대부분 쇠창살 쳐진 유리창 안에서 멍하니 앉아 있거나 누워 있거나 한다. 얌전히 있지 못하는 사람들은 그마저도 못하고 침대에 손발이 묶인다. 돈이 없고 돌봐 줄 사람이 부족하니 그렇다. 거기서는 일손이 달려 환자들을 방치해 둘 수밖에 없다. 어쩔 수 없는 직원들도 마음이 괴롭다.

나도 운 좋게 아는 사람을 통해 도란마을에 들어올 수 있었다. 같은 요양 병원에서 일하다 도란마을로 간 사람이 출산 때문에 일을 그만두게 되면서 나를 추천해 주었다. 모두가 내 지겹도록 웃는 얼굴 덕분이다. 추천해 준 사람이 원래 좀 말이 많은 아줌마였는데 그녀의 말을 웃으며 들어주는 사람이 나밖에 없었기 때문이다. 모두가 지쳐 있는 저녁 퇴근 버스에서 옆자리 여자가 끔찍한 것을 본 듯한 표정을 짓게 만든 이 웃는 얼굴 덕분에. 사람들은 웃는 사람을 옆에 두고 싶어 한다. 그러니 더더욱 웃어야 한다.

지친 몸을 끌고 집에 돌아오니 어느새 밤 11시를 넘어 있다. 12시가 되기 전에 씻어야 한다. 그게 고시원에서의 규칙이다. 얇은 가벽 너머로 내가 내는 소리가 넘어가지 않게 해야 하고 12시가 되기 전에 씻어야 한다. 헤어드라이기도 12시가 지나면 못 쓴다. 신데렐라가 따로 없다.

그동안 여러 고시원을 전전했다. 보증금이 없기도 했고 한 곳에 오래 머무를 만큼 한 직장을 오래 다니지도 못했다. 학교생활 할 때도 비싼 민자 기숙사 대신 고시원에 살았다. 그래도 지금 고시원은 예전의 고시원들보단 나은 편이다. 방이 좁지만 샤워실이 딸려 있고 에어컨도 각 방에 하나씩이다. 이젠 손바닥만 한 창문이 있는 방에도 살 수 있게 되었다. 물론 그 창으로는 하늘이 보이지 않는다. 다만 햇빛이 비치니 낮인지 밤인지 정도는 분간이 가능하다. 창문이 없는 방은 형광등을 켜지 않으면 낮에도 빛 한 점 안 들어와 캄캄하다.

따뜻한 물에 몸을 맡기고 있으니 조금 아늑한 기분이 든다. 물론 좁은 샤워실에서 한 발짝만 움직이면 벽에 등이 닿기 때문에 한 자세로 서 있어야 한다. 눈높이에 달린 거울에 김이 서렸다. 거울을 손바닥으로 닦아 들여다볼까 하다가 그냥 내버려 둔다. 내 표정을 알고 싶지 않다.

누군가는 고시원 방을 보고 관짝이 아니냐고들 하지만

나는 비행기 퍼스트석이라고 생각한다. 비행기 퍼스트 석에 타 본 적은 없지만 인터넷에서 많이 봤다. 구조도 내가 쓰는 방과 비슷했다. 침대에 책상, 작은 창문. 내게는 거기다 작은 샤워실까지 있다. 다만 어디로 날아가고 있는지 모를 뿐이다.

불을 끄고 침내에 누우니 창밖의 가로등 불빛만 어슴푸레 비쳐 들어온다. 몸에 힘이 풀리면서 얼굴 근육도 이완되는 것이 느껴진다. 지금은 웃고 있지 않겠지. 아무도 안 보는, 자기 자신조차 보지 않는 어둠 속에서만 얼굴에 힘을 풀 수 있는 인간이 나다. 핸드폰 플래시를 켜고 지금 표정을 한번 거울로 볼까, 하다가 마주치고 싶지 않은 얼굴일 것 같아 포기한다.

문득 할머니 생각이 난다. 그 할머니는 정말 특이한 사람이다. 언젠가 변호사를 대동한 자식과 한 할아버지와 사실혼 관계였던(사람들은 주로 첩이라고 불렀다.) 자식뻘의 여자가 몰려와서 마을에서 난동을 피운 적이 있다. 아마 할아버지가 돌아가시면 이루어질 유산 상속 때문이었던 것 같은데 법으로 해결하니 마니 유산 분배를 어떻게 하니 하며 아귀다툼이 벌어졌다. 그것을 뒤에서 지켜보던 할머니가 "쯧" 하고 가볍게 혀를 차더니 "나는 자식이 없어 다행이지. 나 죽으면 무슨 소용이야." 하는 것이었다. 마침 그날 할머니를 따라다니게 되어서 내가 장난스럽게 "그럼 할머니는 유산을 어떻게 하세요? 재단 같은 데에 기부하시나요?" 하고 묻자 그녀가 이렇게 답했다. "재단? 무슨 소리요. 내 돈 가지고 남들이 돈 놀이 하는 거 난 싫어. 나 죽으면 내 재산 모두 동전으로 바꿔서 서울역에 뿌리라고 했지. 그러니까 나 죽으면 다음 날 아침 10시에 서울역에 가 보슈. 얼마간 주울 수 있을 테니까." 하고는 킬킬 웃었다.

정말 그게 가능할까? 법적으로 문제가 되는 게 아닐까? 나라에서 몰수하는 거 아니야? 온갖 생각을 하다가 어느새 스르르 잠에 빠져든다.

지이이잉. 진동으로 맞춰둔 알람이 울린다.

무사히 내일로 날아왔다. 무사하다는 게 정말 다행일까 싶을 정도로 일하러 가기 싫다. 어둠 속에서 자고 또 어둠 속에서 일어난다. 잠들기 전과 똑같은 어둠이다. 마치 시간이 1분도 채 안 지난 것 같다. 차라리 이 시간들이 영원히 반복되었으면. 어둠 속에서 나를 좀먹는 피로가 회복될 때까지 잠들고 싶다. 물먹은 솜처럼 늘어지는 몸이 시간의 변화도 알아차리지 못하고 그대로 영원히 반복되는 시간 속에서 멈춰 버린다면……? 그건 그것대로 아무 고통도 느끼지 못할 테니 괜찮을 것 같다는 생각을 하다가 그런 생각을 하는 나 자신이 무섭게 느껴져서 침대에서 일어난다.

카풀을 해서 뒷좌석에 얹어 타고 다시 마을로 향한다. 마을에 점점 가까워지니 할머니 생각이 난다. 할머니는 내게 일주일 전 사건에 대해 아는 게 있냐고 물었다. 그리고 나는 그 자리에 있었던 사람이다. 내가 무슨 얘길 해 드릴 수 있을까? 나는 그냥 비명을 듣고 쓰레기장으로 달려가 비명을 지르며 벌벌 떨고 있는 청소부 아주머니를 발견했을 뿐이다. 그리고 비닐봉지에 담긴 '그것'도……. 분명 인간이었을 '그것'엔 표정이 없었다.

정말 '그것'을 죽인 범인은 누구일까? '그것'을 낳은 엄마는 어디 간 걸까? 어쩌면 마을의 치매 환자가 낳은 것일지도 모른다. 임신이 됐는지도 모르다가 마치 홀리듯 낳고 그게 인간인지도 모르고 비닐봉지에 담아서 쓰레기장에 내버렸을 수도 있지 않은가. 궁금한 게 한두 가지가 아니었지만 어느 것도 정확한 답을 알 수가 없다. 수상하기로 치자면 마을의 모두가 범인이 될 수도 있다. 외부와 단절된 동네에 비정상적으로 돈이 많은 치매 환자들과 그들을 위해 일하는 사람들. 겉으로는 나처럼 웃고 있지만 뒤에서는 무슨 짓을 하고 있을지 모른다. 직장동료이기에 마주치는 얼굴들이지 사실 어느 누구도 서로를 믿고 있지가 않은 것이다.

"······여자친구 없어?"

멍하니 딴 생각을 하다가 옆자리의 동료가 말을 걸어와 퍼뜩 정신을 차린다.

"아직 없어요."

진짜로 궁금해서 묻는 게 아니라 다른 사람과 얘길 하다 가 대화가 끊기니 어색해서 만만한 나에게 말을 건 것이다. 대충 얼버무리며 대답은 했지만 이미 질문한 동료의 눈은 자신의 핸드폰에 가 있다.

"아유, 빛나는 청춘이 왜 그렇게 힘이 없어. 적극적으로 만나 보고 그래. 지금의 아름다운 시절이 다시 돌아오는 거 아냐."

운전하던 동료가 내게 너스레를 떨었다. 나는 평소처럼 애매한 웃음으로 대답을 대신한다. 빛나고 아름다운 청춘. 잘 모르는 사이인 나이 든 사람들이 20대인 나를 만나면 늘 하는 말이다. 그 말을 들으면 늘 나는 어리둥절해지곤 한다. 누구나 사는 건 다 엿 같은데. 그런 말을 들을 때마 다 사는 게 엿 같다고 느끼는 내가 이상한 놈인 것 같다.

멍하니 창밖을 내다보는데 유리창에 비친 누군가의 웃 는 얼굴을 보고 깜짝 놀라 유리창에서 멀어지다가 그게 내 얼굴이라는 것을 알고 더 놀란다. 차는 어느새 마을에 도착한다. 차에서 내려 직원 라커룸으로 향한다. 교대하는 밤 근무자에게 지난밤에 있었던 일을 전해 들으며 소지품을 사물함에 넣고 무전기를 찬다.

이어마이크를 귀에 꽂으며 마을로 들어가는데 원장님의 목소리가 들린다.

"지금 이름 호명되는 사람은 다 큰 나무 앞으로 모여 주세요."

몇몇 직원의 이름이 호명된다. 그리고 그중에는 내 이름도 섞여 있다. 무슨 일이지? 이름이 불린 사람들과 함께 나무 앞으로 가 보니 평소같이 밀짚모자를 쓴 원장님이 서 있다. 다만 평소의 사람 좋아 보이는 웃음은 어디 가고 약간 굳은 얼굴이 눈에 들어온다.

"여러분을 부른 건 다름이 아니고……"

번들거리는 얼굴이 침을 삼킨다. 참담함을 표현하기 위해 얼굴을 굳히고 어려운 말을 꺼내는 척 망설이지만 다 가짜임은 금방 알 수 있다. 시골 농부인 척 그을은 원장님의 몸이 사실은 태닝샵에서 한 달에 한 번 관리를 받아서 그렇게 된 것이듯. 듣는 사람 마음을 불편하게 하기 위해 저러는 것이다. 대체 무슨 얘기를 꺼내려고 저러는 걸까?

"어제 진료실에서 모르핀 한 병이랑 주사기가 사라졌습니다. 혹시 아시는 분?"

진료실에서 주사기가 사라졌다고? 사람들이 어리둥절한 표정으로 서로의 얼굴을 돌아본다. 어떻게 된 영문인지 알 수가 없다. 늘 의사가 상주하고 있는 곳이고 많은 사람들이 왔다 갔다 해서 쉽게 뭔가를 가져갈 수 있는 곳이 아니다.

"……씨는 왜 웃고 있어요?"

원장님의 백금테 안경 너머로 뱀 같은 눈빛이 나를 쏘아본다. 사람들의 시선이 내게 모아지는 것이 느껴진다. 이름은 제대로 듣지 못했지만 왜 웃고 있냐는 말로 원장님이 나를 지목했음을 깨닫는다. 이런. 또 웃지 말아야 할 때 웃고 있었구나. 사람들이 나를 쳐다보자 살짝 주눅이 든다.

"예?"

내가 당황해서 되묻자 원장님이 먹이를 사냥하는 독사처럼 나를 물어뜯기 시작한다.

"어제 진료실에 갔죠?"

"예에…… 그런 것 같습니다."

나는 기억을 더듬다가 말꼬리를 흐린다. 진료실에 가긴 갔다. 오전 시간에 그 할머니를 만나기 전에 다른 할아버지가 소화가 잘 안된다고 복통을 호소했기 때문이었다.

"'같습니다'는 뭐예요? 어제 오전에 전기 점검한다고 잠깐 씨씨티비가 나갔어요. 그 사이 주사기랑 약병이 사라진 것 같더군요. 전기 점검하는 시간 동안 거기 들른 건 직원들이랑 여기 주민들, 그리고 방문객 몇 명이 다더군요. 어제 진료실 가서 뭐 했습니까?"

원장님은 나에게 자세한 말을 들어보지도 않고 이미 나를 범인이라 단정하는 듯하다. 웃지 않으면 내 얼굴이 너무 무섭게 보일까 봐 억지 미소를 띤 채 대답한다. 볼이 경련하는 것이 느껴진다.

"4호실 유진 할아버지께서 아침 식사 후 복통을 호소하시기에 의사 선생님께 봐 달라고 부탁했습니다. 그 이후엔 지혜 선생님이 무전으로 도와 달라고 하셔서 바로 공원으로 갔구요."

떨리는 목소리로 최대한 정확하게 말하려고 애쓴다. 옆에 선 사람들에게 도와 달라는 눈빛을 보내보지만 아무도 응답하지 않는다. 이미 공기가 변했다. 자신이 지목당하지만 않으면 별 상관없다는 분위기다.

"알리바이 증명해 줄 사람 있어요?"

원장님이 집요하게 묻는다.

"진료실에 계시던 서 선생님이……"

133

내가 말을 채 끝마치기도 전에 원장님이 말을 자른다.

"그때 진료실에 누구누구 있었어요?"

"예? 저랑…… 의사 선생님이랑 유진 할아버지……."

"서이수 의사 선생님은 복통 환자 보고 있었고 그럼 선생님만 남는 거네요? 의사 선생님이 환자 보고 있는 사이에 진료실에서 뭘 했죠? 바로 무전 듣고 공원으로 간 거 맞아요? 그걸 어떻게 증명하죠?"

원장님이 나를 몰아세운다. 어째서 나를 이렇게 가혹하게 다루는지 알 수가 없다. 다른 직원, 주민, 방문객 들도 있다면서……. 문득 나는 내가 그들 중에서 가장 가난하고 어리다는 사실을 깨닫는다. 한마디로 원장님에게 가장 만만한 것이다. 언제 잘라도 이상할 것 없는 힘없고 어린 비정규직. 원장님이 원하는 것은 진상의 규명이 아니라 마을에서 일어난 일을 대충 덮고 넘어갈 수 있도록 처형할 본보기이다. 그것을 깨닫자 눈가와 입가를 억지로 끌어당기던 실이 칼로 끊어진 느낌이 든다. 원장님은 눈 하나 깜빡하지 않는다.

"지금이라도 얘기하면 잘 얘기해서 다른 병원에 취직할 수 있도록 해 줄게요."

"어, 어째서 저라고 확신하시죠?"

분노로 몸이 떨려오기 시작한다. 아, 이러면 안 된다. 조금만 더 참으면 정규직 시켜 준다고 했는데, 2달만 더 참으면……. 하지만 이 상황에 정규직이 무슨 대수랴. 이미 그는 내가 여기 있길 바라지 않는다.

"어떻게 확신하냐뇨. 상식이 있으면 누구나 알 수 있는 거 아닙니까? 다른 직원들은 클린한 거 확인했어요. 여기 방문객분들 다 언론사 사장이며, 변호사며 사회지도층인데 그런 일을 할 리가 있겠어요? 그렇다고 힘없는 노인분들을 의심할 거예요?"

원장님은 계속 말도 안 되는 말들만 늘어놓고 있다. 직원들은 지금 부른 거면서 클린한 걸 언제 확인했으며, 그런 높으신 분들이 별짓 다 하고 다닌다는 건 신문기사와 뉴스에 하루가 멀다 하고 나온다. 힘없고 나이든 사람들이 무슨 일을 할 수 있겠냐고. 그거야말로 그들을 무시하는 거 아닌가. 분해서, 너무나 분해서 자꾸만 눈물이 나온다. 울면 지는 거라고 엄마가 그랬는데.

"거…… 젊은 사람이 좀 어른들한테 공경심을 가져 봐요. 솔직히 말해서 여기서 돈 없어서 제일 약물 팔고 싶어 하는 사람이 누구겠어요. 생각해 봐요."

원장님이 훈계하듯 말하며 혀를 찬다. 너무나 기가 차서 원장님의 말을 듣는 내내 어제 버스에서 보던 '좆까'라는 글씨밖에 생각이 나지 않는다. 매직으로 갈겨 놓은 글씨가 누군가의 음성이 되어 내 귀에 계속 울린다. 어디서부터 어떻게 반박해야 할지 생각이 나지 않아 정신마저 아득하다.

"지금이라도 자수하면 봐준다니까. 원래는 이거 경찰서 가야 되는 일이야. 이름 밑에 빨간 줄 그어지면 좋겠어?"

원장님의 입에서 흘러나오는 말이 점점 반말조로 변해 간다. 덜덜 떨리는 내 입술 사이에서 방언 터지듯 말이 흘러 나온다.

"돈이 없어서 약을 팔아요? 제가요? 웃기지 마세요. 원장님이 나무 다듬는 척하면서 새 둥지에 왜 왔다 갔다 하는지 모를 것 같으세요? 원장님이야말로 돈 때문에 그런 짓 하면서."

그제야 원장님의 표정이 변하기 시작한다. 처음에 두려웠지만 그의 변화에 희열마저 든다. 에라 모르겠다. 이미 입 밖에 낸 말은 주워 담을 수 없는 것. 물꼬가 트이자 내 입에서 말이 줄줄 흘러나오기 시작한다. 마치 다른 누군가 내게 빙의한 것만 같다.

"공경심을 가지라구요? 젊은 사람들 빨아먹고 여태껏 배불렸으면서 늙어 죽을 때까지 똥꼬 빨아 달라니 이건 무슨 개수작이에요? 사회 지도층? 웃기지 말라 그래요. 그런 사람들이 자기보다 조금만 아래에 있는 것 같아 보이면 사람을 그렇게 깔보고 무시하나요? 인간 취급도 안 하는 거 눈에 다 보여요."

"이, 이봐…… 어른이 하는 말을 좀 들어봐."

내가 폭주하기 시작하자 원장이 나를 달래려 한다. 멀뚱멀뚱 주위에 서 있던 직원들이 슬금슬금 물러나고 큰 소리가 나자 길을 지나던 사람들이 나를 쳐다보기 시작한다. 나는 더욱 악에 받쳐 소리를 지른다.

"어른? 어른이 뭐 그래? 어른이면 젊은 애들한테 헛소리 지껄이고 막 그래도 되는 거예요? 네?"

내가 지르는 소리를 듣고 무서웠는지 노인들이 훌쩍훌쩍 울기 시작한다. 이제는 나도 나를 어쩔 수가 없다.

5   디테일이 중요해

"좆밥 새끼가 별소릴 다 하네."

나무 위에 있는 물건을 확인하고 사다리에서 내려와 땀을 닦는다. 아직 이른 새벽이라 밖에 나온 사람들은 별로 없다. 습한 날씨에 안개가 마을을 감싸고 돈다.

"아이쿠."

주위를 둘러보다가 소스라치게 놀란다. 아무도 없는 줄 알았는데 조금 떨어진 곳에서 할아버지 하나가 벤치에 앉아서 신문을 읽고 있다. 혹시 내가 뭘 하는지 본 것일까. 평소와 다름없이 나무를 돌본 것처럼 보였을 테지만 어제 인턴이 마을을 개판으로 만들고 나갔기에 몹시 신경이 쓰인다.

"그러게 조용히 곱게 나가면 될 걸 가지고 지랄발광은…… 시발."

어제 인턴이 소리를 지르면서 난동을 피워서 다른 남자 직원들이 그를 들어서 마을 밖으로 나갔다. 노인들은 울고, 방문객들은 수군대면서 쳐다보고 난리도 아니었다. 조용하고 친절한 마을 이미지에 먹칠을 해도 유분수지. 그러게 말이나 잘 들었으면 다른 병원에라도 취직할 수 있었을 텐데. 요즘 애들은 힘든 것도 모르면서 지 복을 지가 찬다.

담배 연기를 깊게 빨아들였다가 코로 내뿜으니 그제야 만족감이 은은하게 퍼진다. 긴장이 풀리니 담배 맛이 고소하다. 시선이 벤치에 앉아 신문을 보고 있는 할아버지에게로 쏠린다. 얼마 전에 입주한 주민이다. 그는 거꾸로 신문을 들고 있다. 그는 신문 위의 한 글자라도 놓치지 않겠다는 듯 천천히, 아주 천천히 읽는다. 노인들이 죽으면 신문도 함께 몰락할 것 같다. 요즘 사람들은 핸드폰과 티비로만 뉴스를 보니까. 벌써 내가 두 개비째를 다 피워 가는데도 그는 미동도 없이 앉아 읽고 있다. 대단한 집중력이다. 글자 하나 제대로 읽지는 못하지만. 어쩌면 저렇게 노인들은 세상일에 관심이 많을까. 세상은 노인들에게 아무 관심도 없는데.

세 개비째의 담배를 마저 피우고 발로 밟아 비벼 끈다. 고개를 드니 할아버지는 다시 방으로 들어갔는지 보이지 않는다. 아침 식사 시간까지 눈을 좀 붙일 요량으로 내 사무실로 걸음을 옮긴다.

사무실에 들어오니 익숙한 책 냄새가 난다. 갑자기 피로가 몰려온다. 어제 인턴이 말한 게 신경 쓰여서 집에도 못가고 사람들이 없어질 시간까지 기다려 물건이 안전함을 확인했다. 문득 장부 생각이 나 서가에서 장부를 꺼내어 든다. 검은 가죽 표지는 손때가 묻어 반들반들하다.

종이에 뭔가를 기록한다는 것은 중요하다. 종이에 뭔가를 기록하면 절대 해킹당할 일도 없고 퍼져나갈 일도 없다. 귀찮게 패스워드를 칠 필요도 없고 직관적으로 적기만 하면 된다. 사람마다 고유의 필체가 있기 때문에 누가 적었는지 알아보기도 쉽다.

누군가는 중요한 물건을 금고에 둔다고 하지만 어림없는 소리. 중요한 것일수록 눈에 띄지 않는 곳에 감춰야 한다. 금고는 금고인 것 자체로 티가 나기 때문에 안 된다. 나무는 숲속에 숨겨야 한다. 장부를 보고 이상 없음을 확인하고 다시 익숙한 원래 자리에 끼워 넣는다. 아, 물론 누가 열어 보지 않았는지 나중에 확인하기 위해 머리카락 한 올을 살짝 끼워두는 것도 잊지 않는다.

설핏 잠이 들었나 싶었는데 어느새 깊게 잠이 든 모양이다. 알람 소리에 화들짝 놀라 의자에서 잠이 깬다. 아침 식사 시간이다. 내려가 아침도 먹고 노인들에게 얼굴도 내밀면서 그들의 돈을 허투루 쓰고 있지 않다고 안심시켜 주어야 한다. 이젠 누가 돈을 내는 건지도 모르는 사람들이 대부분이지만. 내가 이렇게나 성실하다.

밀짚모자를 다시 쓰고 식당에 내려가니 노인들이 직원들을 데리고 와 식사를 하는 모습이 보인다. 오늘도 사람 좋은 웃음으로 무장을 하고 내 얼굴을 기억할 리 없는 노인 옆에 앉아 식사를 한다.

"안녕하세요, 윤희님."

백내장에 걸려 탁한 눈빛이 나를 쳐다보고는 다시 자기 앞에 놓인 죽 그릇에 집중한다. 아마 내가 부른 것이 자기 이름인지도 모르는 것 같다. 그저 소리가 나는 곳을 향해 쳐다봤을 뿐이다. 옆에 앉아 식사를 도와주던 직원이 나를 보고 묵례를 한다. 눈웃음으로 인사를 대신한다.

옆에 앉은 할머니가 죽을 먹다 순간 숟가락을 놓친다. 숟가락에 들어있던 죽이 내게도 튀어 손등에 끈적끈적하게 흘러내렸다. 더럽다. 젠장. 순간적으로 드러난 찡그린 표정을 들킬까 봐 몸을 숙여 숟가락을 줍는다.

"괜찮으세요? 여기 숟가락 하나만 더 갖다 주세요."

다시 손쉽게 가면을 쓰고 웨이터 복장을 한 직원에게 떨어진 숟가락을 건네준다. 냅킨으로 손을 닦고 다시 식사를 하려는데 건너편 테이블에서 시선이 느껴진다.

그 할머니다. 빨간 뿔테 안경 너머 짝짝이 눈이 나를 들여다본다. 한쪽은 거의 움직이지 않지만 다른 한쪽은 생생하게 내 움직임을 좇고 있다. 그 대비가 너무도 강렬해서 소름이 끼칠 정도다. 내가 시선을 맞추는데도 할머니는 전혀 당황하지 않고 오히려 더 당당하게 나를 쳐다본다. 자신이 나를 훔쳐보는 걸 들켜도 아무 상관없다는 듯이. 몇 초나 지났을까. 할머니의 시선에 붙잡혀 있다가 그녀가 고개를 돌려 밥을 먹기 시작하고서야 풀려난다.

내 찡그린 얼굴을 본 것일까. 어쩐지 입맛이 뚝 떨어져 그릇을 살짝 밀어낸다. 이번엔 내 쪽에서 할머니를 쳐다본다. 집요하게 할머니를 쳐다보자 내 주위를 지나던 사람들이 무슨 일이 있나 해서 할머니와 내 쪽을 힐끔거린다. 할머니는 내가 쳐다보는 걸 느끼고 있을 텐데도 여유롭게 간간이 창 밖에 시선을 던져가며 식사를 한다.

차라리 그녀를 받아 주지 않는 편이 나았을까. 요즘 할머니가 하고 다니는 일들이 묘하게 내 신경을 거스른다. 그냥 덮고 지나가도 되는 일을 왜 자꾸 긁어 부스럼을 만들까. 도란마을 부지만 아니었으면 그녀를 여기 들일 일은 없었을 것이다. 위치만 여기가 아니었다면…….

치매에 걸리면 믿고 의탁할 수 있는 마을에 대한 돈 많은 노인들의 수요가 있다. 집에서 개인 간병을 받아도 상관은 없지만 비슷한 사람들과 모여 같이 얘기를 나누고 운동을 하고 죽는 그날까지 손이라도 꼼지락거릴 만한 것을 배우고 싶은 사람들도 있으니까. 그 요구를 파악하고 내가 투자금을 받아 여길 운영하게 된 것이다. 서울에서 그리 멀지는 않으면서 돈 많은 자식들이 오기에 편한 장소이면서 자연과 가까운 곳. 그래야 건강해지는 기분이 드니까.

그런데 하필 그 부지가 그녀의 땅이었다. 처음엔 땅을 순순히 넘겨주겠다고 해서 옳다구나 싶었다. 그것도 프리미엄을 붙이지 않고 시가에 주겠다고 했다. 상대는 재벌에 가까울 정도의 부동산 부자라고 했는데, 분명 우리가 치매 노인 마을을 짓는다는 소문을 들었을 텐데 어떻게 이렇게 협조적으로 나오나 싶었다. 프리미엄을 붙이거나 혐오 시설이라고 거부할 수도 있을 텐데. 그녀는 우리에게 땅을 넘기는 대신 조건을 하나 붙였다.

자기가 들어오겠다고 했다. 내가 치매에 걸린 사람들만 여기 들어올 수 있다고 하자 그쪽에서 이미 알고 있다고 말했다. 치매에 걸릴지 아닐지도 모르는데 그렇게 금방 수락할 수 있는 걸까. 상대가 치매에 걸리지 않으면 여기에 못 들어올 테니 우리에게 나쁜 조건은 아니었다. 확률은 반반이었다.

하지만 마치 예견이라도 한 듯 그녀는 마을이 생긴 지 1년이 지나고 다시 나를 찾아왔다. 가벼운 치매 증상을 가지고서. 기가 막힐 노릇이었다. 써 놓은 계약서도 있고 하니 이제 와서 배째라 할 수는 없는 노릇이었다. 게다가 그때는 아직 그녀가 어떤 사람인지 모를 때라 순순히 받아들였다. 몇 달 전의 나에게 메시지를 전할 수 있다면 절대, 절대 그녀를 받지 말라고 할 것이다.

그녀는 존재만으로도 날 불편하게 하는 사람이다. 여기 있는 모든 사람들은(방문객들을 제외하고) 내 통제 아래에 놓여 있는 사람들이다. 치매 노인들도 내게 돈을 내고 내가 돌봐주는 대로 서비스를 받아야 하고 직원들의 월급도 내가 준다. 내가 뭘 하든 간섭하거나 귀찮게 할 수 없는 사람이란 뜻이다.

하지만 저 할머니는 다르다. 노인들 중에서 비교적 멀쩡한 정신을 유지하고서 이리저리 쑤시고 다닌다. 내쫓을 수 있으면 당장 내쫓고 싶지만 그럴 수가 없다. 모두가 애써 불미스런 일들을 구덩이를 파서 덮으려 하는데 할머니는 애써 만들어 놓은 평지를 헤쳐 지저분한 꼴들을 모두에게 보이려 한다. 때로는 사람들에게 보이지 않는 게 나은 것들도 있다. 마치 똥처럼. 부동산 재벌이라고 하니 함부로 건드릴 수도 없는 인물이고 해서 그녀가 최대한 빨리 죽어 주기만

144

을 바랄 뿐이다.

그 생각을 하니 신경이 날카로워진다. 진료실에 가서 두통약이라도 타 먹어야겠다. 관자놀이를 누르며 자리에서 일어나는데 맞은편 테이블에서 당황한 직원의 목소리가 들려온다.

"재현님, 이거 어디서 나셨어요?"

치매를 앓고 있는 데다 다리가 불편한 할아버지를 돌보던 직원이 놀란 눈으로 할아버지를 쳐다본다. 가까이 다가가서 보니 빈 모르핀 병과 이미 사용한 흔적이 있는 일회용주사기다. 이게 왜 여기서 나오는 거지. 할아버지를 쳐다보지만 할아버지는 "사탕, 사탕 줘." 하면서 주사기를 든 직원의 팔에 매달릴 뿐이다. 이런 사람이 이걸 훔쳤을 리도, 이게 왜 자기 주머니에 있는지 설명할 수 있을 리도 없다. 일단 주위를 둘러보고 직원에게 속삭인다.

"잠깐 나와 봐요."

직원이 따라 나오고 나는 손을 내민다.

"그거 이리 줘요."

"예? 원장님, 그럼 어제……."

어제 일을 얘기하려는 듯 직원이 말을 하려다가 내 표정을 보고 말꼬리를 흐린다. 직원이 슬금슬금 내미는 주사기와 약병을 낚아채듯 받아든다.

"들어가 봐요."

"아, 그런데……."

"무슨 일 있었습니까? 들어가 봐요. 주민분이 기다리고 계시잖아요. 일하세요."

내 단호한 태도에 직원이 꽁지를 감추고 내뺀다. 나는 쓰레기장 쪽으로 향한다. 이런 시발. 어차피 작은 소동이라서 본 사람도 몇 없다. 이런 건 쓰레기장에 버리면 그만인 것이다.

"아니, 그러니까. 그 와중에도 옷을 세게 쥐지 말라고 하더라니까. 명품이라면서."

"자기 아버지가 쓰러져서 옮기는데 그런 소릴 한다고? 미친 거 아냐."

"앗."

쓰레기장에서 몰래 담배를 피우던 남자 직원들이 나를 보고는 재빨리 담배를 끄고 도망간다. 저저, 요령 없는 것들. 나는 혀를 끌끌 찬다. 그들이 담배를 피우고 난 자리에는 담배꽁초들이 마치 뼛조각처럼 흩어져 있다. 쓰레기통 중 가장 가까운 것을 열어 주사기와 약병을 던져 넣고 손을 턴다.

"원장님."

뒤를 돌자마자 누군가 내 앞에 서 있어서 나는 소스라치게 놀란다.

서이수 선생이다.

"아이고, 깜짝이야. 서 선생……."

"그거 어제 그거 맞죠?"

"무슨 소리야?"

"어제 인턴이 훔쳐 갔다고 하셨던 약병이랑 주사기잖아요. 그거 없어졌다고 제가 보고했었고요."

"그래서?"

나는 뻔뻔하게 나가기로 한다.

"어제 해고하신 그분한테 사과하셔야 되지 않나요? 그리고 약병이 비어 있었고 주사기도 사용한 흔적이 있던데 경찰에 신고해야 하는 거 아닌가 해서요. 절도잖아요."

서 선생은 당황하기는커녕 하나도 주눅 들지 않고 또박또박 대답한다. 부하 직원일 뿐인 그녀가 내 눈을 똑바로 쳐다보는 게 마음에 들지 않는다.

"왜 신고해야 하죠?"

"모르핀이 잘못 사용되면 마약으로 사용될 수 있으니까요. 그리고 의료 폐기물은 따로……."

이젠 나를 가르치려 하다니. 화가 스멀스멀 뒷목을 타고 올라와 말을 자른다.

"사과? 무슨 사과? 어제 난동을 부린 게 누구죠? 그냥 쫓아내기만 한 걸로 감사해야지. 병원장들 사이에서 블랙리스트에 올라가면 취업도 안 되는 거 몰라요? 그리고 누가 피해 봤는데? 피해 본 사람 있어요? 그런데 어떻게 경찰에 신고를 하지? 그리고 누구 때문에 이게 이 지경이 됐어요. 다 서 선생 당신이 약병이랑 주사기 제대로 관리 안 해서 그런 거 아닙니까. 안 그래요?"

물론 정확히 따지자면 그녀가 분실 당시 책임자는 아니었지만 그녀를 찍어 누르기 위해 그렇게 을러댄다. 그리고 카운터펀치.

"서 선생 여기서 잘리고 싶어요?"

내가 칼날을 들이밀자 목숨 줄이 내 손에 들려 있는 이상 상대도 반박하지 못한다. 상대가 조용히 고개를 숙인다. 그녀가 주둥이 닥치는 게 못내 마음에 든다.

"……알겠습니다."

"수고해요, 그럼."

먼저 자리를 뜬다. 산책이라도 하면서 기분전환을 해야겠다. 어제에 이어 신경이 곤두서는 일들이 너무 많다.

마을 입구를 향해 걸어가자 직원들이 하나둘씩 나와 가게를 열고 불을 켜는 것이 보인다. 마트에 불이 켜지고 가격표가 없는 물건들이 진열되기 시작한다. 카페 앞에 메뉴가 쓰인 입간판을 내놓는 모습도 보인다. 이 순간이 마을에 있는 시간 중 가장 좋은 순간이다. 노인들에게서 최대한 멀리 떨어져 있고 모든 것이 톱니바퀴에 맞물린 듯 정확하게 돌아갈 때. 노인들이나 아이들이나 항상 제멋대로 행동하기가 일쑤이기 때문에 별로 좋아하지 않는다. 때로는 여자도 마찬가지다. 아까의 서 선생처럼. 도무지 굴복을 모른다. 그럴 때면 정말 기분이 더럽다. 왜 나에게 반항하려고 하지? 나 같이 정상적인 사람이 어디 있다고. 그렇게 나한테 개같이 굴어도 해고하지 않을 정도로 선한 사람이다. 나는.

영화관 앞에 서서 오늘의 상영 시간표를 보다가 경비실을 지나니 안에 있던 경비가 나를 보고 벌떡 일어나 인사를 한다. 나도 밀짚모자를 들어 웃으며 인사를 한다.

"아니, 글쎄 안 된다니까요. 왜 또 오셨어요?"

입구 쪽으로 가까이 가니 무슨 일인지 소란스럽다. 내다보니 입구에서 다른 경비가 할머니 셋을 막고 있다. 아휴, 또 왔구나. 저 할망구들. 금세 미간이 찌푸려진다.

"아, 글씨 구경 온 거라니께. 좀만 들여보내 줘 봐."

"구경만 하고 간다니까."

"쩌그 안짝의 할아범이랑도 내가 아는 사이구만."

화토리 걸스다. 제각기 다른 색의 몸빼로 알록달록하게 차려입은 그녀들이 나를 쳐다보기에 애써 표정을 풀고 웃어 보인다. 이렇게 착하다. 내가.

도란마을이 있는 지역 이름이 화토리인데 화토리 주민들도 종종 여길 방문하곤 한다. 그거야 마을이 노인들을 가둬 놓는 사육장도 아니니 주변 지역 주민들도 마을의 일부로서 당연히 출입할 수 있지만 저들은 좀 다르다. 마을을 구경하다가 종종 마트에 들러서 물건을 가져가려고 하는 것이다. 물론 잡힐 땐 그냥 가져가려고 한 게 아니라 돈 내고 가져가려고 했다고 꽥꽥 소리를 질러 대긴 하지만.

그래서 결국 그녀들을 출입 금지시킨 것인데 그래도 종종 찾아와 경비들을 곤란하게 한다. 물론 버스도 잘 다니지 않는 지역이라 여기가 주변에서 가장 큰 슈퍼일 테지만 여긴 한 달에 1000만 원이 넘는 돈을 낸 도란마을 주민들을 위한 것이지 자가용도 못 끄는 지역 주민들을 위한 곳이 아니다.

"어떻게 들어오신 거예요?"

"오픈 시간 전에 마트 안에 숨어 계셨답니다."

"아이고."

내가 이마를 짚었다. 나날이 수법이 지능적으로 발전해 간다.

"얼른 돌려 보내 드리세요."

"알겠습니다. 원장님."

경비가 그녀들을 밖으로 몰아가고 나는 다시 발걸음을 옮긴다. 그녀들의 이글거리는 시선이 내 뒤통수에 꽂히는 듯하지만 어쩔 수 없는 일이다. 그때 전화벨이 울린다.

"여보세요."

"어, 김 원장앙, 오늘 준비는 잘했지?"

그의 목소리를 듣는 순간 오늘이 무슨 날인지 깨닫는다. 내가 어떻게 그걸 잊었지. 당황한 티를 내지 않기 위해 서둘러 둘러댄다.

"아, 그럼. 오늘 우리 박 의원님이랑 복지부 장관에 기자님들 오시는 날 아닌가. 내가 어떻게 잊겠나. 이번에 우리 마을이 치매 우수 병원 선정된 것도 다 자네 덕인데."

오늘은 도란마을이 치매 우수 마을로 선정되어 장관이 축하를 하러 오고 기자들이 취재를 하러 오기로 했다. 다 국회의원인 친구 입김 덕이었다. 기자들 들러붙는 거야 좀 귀찮긴 하지만 돈이나 몇 푼 쥐어 보내 주면 알아서 기사를 잘 써 줄 테고 평판이 좋게 나는 게 나에게도 득이다. 정부에서 지원금이 나오고 입주하고 싶어 하는 사람들이 늘어나니까. 이런저런 명목으로 빼돌릴 돈이 늘어나는 건 즐거운 일이다. 물론 수익은 입김 불어 준 자들과 나눠야 하지만.

"예정대로 갈 거야."

"알겠어. 이따 봐."

잠깐 잊었어도 상관없다. 어제 직원들을 시켜 모든 준비를 끝냈으니까. 기자가 질문할 경우를 대비해서 예상 질문지와 답변들도 준비시켰다. 마을은 완벽하게 깔끔하고 주민들은 행복하다. 모두가 그것을 알고 있고 평소처럼 연기를 하면 된다.

통화를 끊고 시간을 확인하니 30분 정도가 남아 있다. 오늘은 후에 뒤풀이도 있고 해서 장사를 하기 어렵다. 주소록을 뒤져 손님들의 번호를 찾아 문자를 보낸다.

― 오늘은 배달 없습니다.

빠른 걸음으로 내 사무실로 가서 옷을 갈아입고 모자를 다른 것으로 고쳐 쓴다. 머리도 빗다가 다시 자연스럽게 헝큰다. 디테일이 중요하다. 디테일이. 반팔 체크무늬 남방도 밀짚모자도 같은 디자인에 색깔만 조금씩 다른 것 같지만 모두 명품이다. 꾸민 듯 꾸미지 않은 모습. 미소를 짓지만 과하지 않게. 소탈한 듯하지만 부유함을 강조한다. 얼굴이 과하게 번들거리지 않게 서랍에서 파우더를 꺼내 덧바른다. 얼굴이 번들거리면 늙어 보이고 탐욕스러워 보인다. 강남 메이크업 전문가에게 돈을 주고 얻은 팁이다. 거울을 보고 다시 한 번 점검한 뒤 방을 나선다.

마을 입구에 도착하자 마침 고급 양복을 휘감은 국회의원과 장관, 그들을 수행하는 사람들과 기자들 두셋이 마을로 들어서고 있다. 나는 웃으며 그들에게 악수를 청한다. 하나같이 유흥살이 쪄 울룩불룩한 얼굴들에 기름이 흐른다. 늦여름 더위에 잠깐이라도 노출되니 땀이 줄줄 흘러내리는 모양이다. 꽉 낀 하늘색 와이셔츠 겨드랑이에 땀이 차 색이 진해진 것이 눈에 띈다. 저럴 거면 비서들은 뭐 하러 데리고 다니나 싶다. 디테일이 중요하다니까. 내심 수많은 술자리에서 최대한 안주빨을 세우지 않고 틈틈이 운동한 나 자신이 자랑스럽다.

웃으며 그들에게 마을 곳곳을 구경시킨다. 기자들이 사진을 찍어 대고 나는 얼굴이 좀 더 잘생겨 보이게 나오는 쪽으로 고개를 돌린다. 기자들 표정이 약간 이상해진 것도 같지만 애써 무시한다.

"싫어……. 무서워……."

강당에서 단체로 뻣뻣한 팔다리를 애써 뻗어 가며 맨손 체조를 하는 것을 찍는 것까진 좋았는데, 기자들이 멋대로 열을 지어 순한 양 떼처럼 체조를 하는 노인들에게 다가가 이것저것을 묻기 시작한다. 질문을 이해하는 사람들은 대답을 해 주려다가 질문의 내용이 마음에 들지 않았는지 입을 다물어 버리고, 질문을 이해할 수 있을 정도의 정신조차 남지 않은 사람들은 공격적으로 질문하는 기자의 태도가 무서워 울음을 터뜨린다. 곁에서 노인들을 지키던 직원이 내게 도와 달라는 신호를 보내지만 어쩔 수 없는 일이다. 기자들의 심기를 거스르고 싶지는 않다.

그렇게 기자들이 강당을 한바탕 휘젓고 나서야 만족스러운지 밖으로 빠져나간다. 이미 체조는 물 건너간 지 오래다. 기자들과 함께 식당에서 점심을 먹으며 간단한 인터뷰를 하고 기자들과 장관을 배웅하고 나서야 숨을 좀 돌릴 여유가 생긴다. 물론 그들의 주머니에 봉투 하나씩 챙겨주는 것도 잊지 않았다.

"아, 오늘 수고했어."

"박 의원 덕분이지 뭘. 오늘 일정은 더 없는 거야?"

"응, 없어. 비서들도 일찍 퇴근시켰어."

"하여간 이럴 때 보면 완전 천사 상사야, 자네도."

껄껄대는 우리의 웃음소리가 공원에 퍼진다. 내 어깨에 손을 올린 국회의원이 넥타이를 푼다.

"그럼 오늘 저녁에 와인 한 잔 어때?"

"좋지. 다른 사람들도 올 거야."

그가 내 어깨에 손을 올린 것이 기분 나쁘지만 애써 무시하고 함께 사무실로 걸어간다. 나무들 너머로 수영장 가에 놓인 선베드에 나란히 누운 노인들이 파라솔 아래에서 낮잠을 자는 모습이 보인다. 따끈따끈하게 익어 가는 늙은 고기들. 시선을 돌리려는데 문득 익숙한 빨간색 리본이 눈에 띈다. 내 딸이 할머니 옆의 선베드에 앉아 뭔가 얘길 나누고 있다. 딸의 옆자리엔 할머니의 곁에 껌딱지처럼 붙어 다니는 꼬마가 앉아 있다. 쟤가 저기 왜 있는 거지?

딸이 뭔가를 내밀자 할머니가 레모네이드를 들지 않은 손으로 받아든다. 저게 뭘까? 뭔지 자세히 보고 싶지만 거리가 멀어 잘 보이지 않는다. 목을 길게 잡아 빼는데 박 의원이 말을 건다.

"어때, 요즘 장사는?"

"뭐, 그럭저럭이지. 오늘은 이거 때문에 영업도 못했어."

"내일 또 영업하면 되지, 내일은 내일의 태양이 뜨는 거 아니겠어?"

그가 내 어깨를 툭 치며 호탕한 척 웃음을 터뜨린다. 그가 어색하지 않도록 같이 재밌는 척 웃어 준다. 그가 몸을 밀착하고 내게 묻는다.

"물건 있지? 같이 맛 좀 볼까? 일단 막대기 하나 있어?"

씹쌔끼. 결국은 저게 목적이지. 억지로 웃으며 큰 나무를 곁눈질한다. 다른 새들이 날아들지 않았는지 확인해야 하는데 오늘은 그것도 못하게 생겼다.

"사람들이 주변에 워낙 왔다갔다거려야 말이지. 지금 얼마나 남아 있는지 모르겠네. 장부 보고 재고 확인 좀 하고……."

"그 장사 말이야. 나도 투자 한 거 알고 있지? 장부 정리 잘 해 놔?"

그가 내 어깨를 단단히 쥐며 음산하게 속삭인다. 등골이 오싹하다.

"엄마야!"

"이 년! 어딜 가!"

"말순니이임!!!"

공원과 수영장 사이를 지나는데 공원에서 뛰쳐나오는 할머니와 그 뒤를 쫓는 할머니, 그리고 그 뒤를 쫓는 직원의 레이스가 이어진다. 맨 앞에서 달려가던 할머니가 발을 접질려 넘어진다.

"에그, 저 나이엔 뼈도 잘 안 붙는데."

뒤따라가던 할머니가 넘어진 할머니의 머리채를 붙들고 몸싸움이 시작되자 직원이 뜯어말린다. 아수라장이 따로 없다. 우리는 발걸음을 돌려 그들과 조금 떨어져 걸어간다.

"왜 저러는 거야?"

"여기 들어온 주민들 중에 가끔 다른 주민을 자기 배우자로 착각하고 싸우는 경우가 있어. 사는 것도 고생이야 참. 저렇게 고쳐지지도 않는 병에 평생 시달리는 거 보면……."

"에휴, 노인들만 이렇게 대접해 주면 뭐하나. 노인들이 애 낳아 줄 것도 아니고."

"왜, 자네 애가 넷이라 하지 않았어? 그렇게 낳고도 애가 더 필요해? 허허, 이 친구 자칫하면 축구단 만들겠는데! 마누라가 고생 좀 하겠어."

"아, 애는 뭐 마누라만 낳을 수 있나!"

우리의 웃음소리가 마을을 쩌렁쩌렁 울린다. 굳이 감추려고도 하지 않는다.

"아니, 젊은 애들이 애를 낳아야 나라가 돌아갈 것 아냐. 아주 큰일이야. 젊은 애들이 낳으라는 애는 안 낳고 비혼이

네, 취업이 안 되네 하면서 징징대는 걸 보면 말야. 안 그래?"

"그건 그렇지."

또 웃음이 터진다. 별 것 아닌데도 왠지 그 말이 우습다. 얘길 하다 보니 어느새 사무실 앞까지 와 있다. 그는 화장실이 급하다며 나에게 화장실 위치를 묻고는 잰걸음으로 떠난다. 사무실 출입문에 비밀번호를 누르고 들어간다. 내 공간에 오니 숨이 트인다. 2층 창문에서 내려다보니 마을이 한눈에 보인다. 한차례 폭풍이 지나간 마을은 다시 고요한 듯하다. 그나저나 물건이 얼마나 남았더라? 장부를 꺼내든다. 검은색 표지를 넘기려는데 뭔가 기분이 싸하다. 책장을 넘기기 전에 다시 장부를 들여다본다.

머리카락이 없다.

6 보물섬

"내 방에 왔었어?"

화장실에 갔다가 내 방문을 스스럼없이 열고 들어오는 박 의원에게 묻는다.

"방? 여기? 아니. 오늘은 지금 처음 들어오는 건데."

그가 무슨 소리를 하냐는 듯 나를 쳐다본다.

"왜? 무슨 일 생겼어? 난 계속 자네랑 같이 있었잖아."

맞다. 그의 알리바이를 내 눈앞에서 똑똑히 봤는데 의심을 하다니. 너무 놀라서 이성을 잃었나 보다. 전에는 이런 일이 한 번도 없었기 때문이다.

"나 잠깐만 혼자 있을게. 식당에서 기다려 줘."

"그럼 오늘 술은……."

"좀 있으면 다른 사람도 올 거야. 잠깐만 다른 거 먹으면서 기다려. 식당에 가서 먹고 싶은 거 주문하면 돼."

절박한 내 표정에 그가 심상치 않음을 느꼈는지 두말없이 방에서 나간다. 역시 정치판에서 살아남은 놈이라 눈치하난 빠르다.

등에서 흐르는 식은땀을 말리기 위해 에어컨을 켜자 이젠 등골에 소름이 돋는다. 젠장. 에어컨을 꺼 버리고는 신경질적으로 리모컨을 소파에 내던진다. 창가에 다가가 창문을 연다. 건조하고 뜨거운 바람이 방 안으로 들어온다. 바깥 공기를 마시자 조금 진정이 되는 것 같다.

바이올린 교향곡과 함께 핸드폰이 울린다. 나정석 의사다.

"네."

"원장님. 6호실 김창수 환자분 방금 맥박 멈추셔서 응급처지 했는데 결국 돌아가셨습니다. 곧 마을에 앰뷸런스 도착 예정입니다."

"알았어요. 가족분들께 연락하고 뒤처리 잘해요."

"네. 알겠습니다."

누가 방에 들어와 장부를 건드리고 나간 걸까. 장부를 건드리기만 했을까? 읽고, 사진까지 찍었다면……. 대체 누구지? 장부를 건드렸으면 지문이 남았을 텐데. 지문 감식을 맡겨 볼까 하다가 장부 내용을 아무도 봐서는 안 된다는 데 생각이 미친다. 씨팔. 암호로 써 있기는 하지만 눈썰미 좋은 누군가가 본다면 그 뜻이 뭔지 알아낼 수도 있다.

구급차가 마을 안쪽까지 들어오는 모습이 보인다. 구급차 머리 꼭대기에 달린 붉은 경광등 때문에 눈이 부시다.

놀란 노인들을 직원들이 달래고 흰 천에 덮인 시신이 들것에 실려 구급차에 들어간다. 나한테 전화하던 의사가 구급차에 따라 들어가는 게 보이고 구급차가 소리 없이 마을을 떠난다. 저 안에 누가 타고 있다고 했지? 누가 죽었는지도 기억나지 않는다.

일단은 내 문제가 더 급하다. 방에 들어올 수 있는 사람부터 생각해 보자. 사무실 비밀번호를 아는 사람이 누가 있지? 나랑, 애들 엄마, 친목회 멤버들……. 그 외에는 없다. 하기야 한 번 말하기 시작한 비밀은 비밀이 아니니까 그들이 비밀번호를 누구에게 알려 줬을지도 모른다. 그렇게 되면 누가 비밀번호를 알고 있는지 일일이 알 수도 없다.

그러면 관점을 바꿔 보자. 장부를 들춰보면서까지 나에게 위협을 가하고 싶은 사람. 이거라면 꽤 좁혀질지도 모른다. 창밖을 내다보니 마을에 조금씩 어둠이 내리기 시작한다. 가로등이 하나둘 켜지고 마을을 돌아다니는 사람들이 보인다. 무해한 노인들과 무해한 직원들. 나에게 돈을 내고 나에게 돈을 받아가는 존재들. 그들이 나를 위협해서 얻을 수 있는 건 없다. 오히려 지금의 상태를 유지하기 위해서는 그들에게 내가 필요하다.

여행에서 돌아온 애들 엄마가 식당 앞에 서 있다가 박 의원과 만나 인사를 하는 모습이 보인다. 뒤늦게 딸애가 나타나 제 엄마를 부른다. 아들 녀석은 해외 캠프에 갔고 애들 엄마는 방금 태국 여행에 갔다 돌아온 참이다. 애들 엄마야 돈 잘 나오는 ATM 기계인 나를 마다할 리가 없고 딸년이 골치를 좀 썩이긴 하지만 나를 위협할 정도로 머리가 굵진 않다. 저번에 그렇게 경고를 했는데 미치지 않고서야 그럴 리가. 회계 정리를 맡기러 몇 번 사무실에 들여보낸 적은 있지만 계집애가 해 봐야 뭘 얼마나 하겠어.

문득 아까 딸이 할머니와 뭔가 얘기를 나누던 장면이 기억나 또 머리가 복잡해진다. 젠장.

삑삑삑삑삑.

비밀번호 누르는 소리와 함께 느닷없이 사무실 문이 열린다. 화들짝 놀라 뒤돌아보니 학준이 문을 열고 서서 웃고 있다. 저 기분 나쁜 자식.

"여어, 김 원장. 뭐해?"

"어, 왔어?"

나는 반가운 척 얼른 달려가 그와 껴안는다. 진한 향수 냄새가 훅 끼친다. 나와 같은 향이다. 여러모로 기분 나쁜 녀석. 박 의원이 나갔을 때 문을 보조 키까지 잠갔어야 하는데. 다른 생각에 빠져 있느라 그 생각은 못했다.

주머니에서 바이올린 소리가 울려 퍼진다. 애들 엄마다.

"어."

"응. 여보. 나 방금 왔어. 수진이 데리고 지금 저녁 먹으러 갈 거야. 방금 식당 앞에서 박 의원님 만났는데 같이 저녁 먹을 거라며?"

"응. 저녁 먹고 들어와서 자. 나 늦을 거야."

"알았어."

통화는 금방 끝이 난다. 핸드폰을 무음 상태로 바꾼 뒤 웃는 표정으로 소파에 그를 앉혔다.

"언제 왔어. 온 줄도 몰랐네."

"방금 왔어. 자네 방에 불 켜져 있길래 자네한테 인사하고 싶어서 이리로 곧장 왔지."

침이나 바르고 거짓말을 해라. 사람이 있는 줄 알면 노크를 해야지, 이 새끼야. 속으로 이를 간다.

"녹차?"

"아니, 난 됐어. 식사하러 가야지?"

"그래. 다들 왔대?"

"응. 다들 식당에 모여 있나 보던데."

"그래. 내려가자."

그를 앞세우고 창문을 닫고 불을 끈 뒤 방문을 닫는다.

"문이 닫혔습니다." 소리와 함께 도어락 잠금장치가 돌아가는 소리가 난다.

아차. 도어락. 도어락에 지문 감식을 받을걸. 그럼 누가 왔다갔는지 알 수 있을 텐데. 이미 비밀번호를 눌러 버렸으니. 젠장. 아냐. 그래도 남아 있을지 몰라. 근데 이미 학준이 한 번 더 눌러 버렸는데 범인의 지문이 남아 있겠어?

복도를 따라가며 학준의 뒷모습을 보는데 문득 범인이 그일지도 모르겠다는 생각이 든다. 이미 한 번 왔다 갔는데 자기 흔적을 지우려고 다시 들른 건가? 원래 범인은 범죄 현장에 한 번 더 들른다잖아.

장부가 어디 있는지 알 만한 녀석은 아니지만 그렇다고 건드리지 않았으리란 보장도 없다. 방에 들어올 수 있기만 하면 누구나 장부에 손댈 수 있으니까.

"뭐해? 얼른 와. 다들 기다리고 있어."

학준의 뒤를 따라가고 있는데 그가 뒤돌아 손짓한다. 굳은 표정을 지우고 웃으며 앞으로 걸어간다. 그가 내 어깨에 팔을 걸치는데 바깥에서 요란한 소리가 들려온다.

경찰차 사이렌이다. 신경이 곤두선다. 가뜩이나 머리가 복잡한데 경찰차라니. 그것도 나한테 미리 연락도 없이? 어깨동무를 풀고 핸드폰에서 익숙한 연락처를 찾아 스크롤을 내린다.

비어 있는 교실로 들어가 창밖을 내다보니 경찰차가 마을 입구에 다다른 것이 보인다.

"마을에 경찰차가 온 것 같은데 무슨 일이죠."

무전기로 사람들에게 연락했지만 무슨 일인지 영문을 알 수 없는 건 마찬가지인지 쉽게 답이 오지 않는다.

이 동네 경찰이면 도란마을에 방문할 때 사이렌 소리를 줄여야 한다는 것쯤 알고 있을 텐데. 노인들이 놀란다는 핑계를 붙였지만 큰 소리가 나는 걸 좋아하지 않는 나의 요구사항이기도 하다.

"식당에서 무슨 문제가 생긴 것 같습니다."

치직대는 소리와 함께 뒤늦게 대답이 날아온다. 경찰이 식당 쪽으로 가고 있잖아. 그건 내 눈에도 뻔히 보인다고, 이 멍청아. 마이크에 대고 욕을 해 주고 싶지만 참는다.

"무슨 일이시죠?"

상대에게 전화를 걸었지만 핸드폰을 두고 어딜 간 건지 아님 사람을 만나고 있는 건지 연락이 되지 않는다. 일단 빠른 걸음으로 1층으로 내려간다. 학준이 녀석도 상황이 심각하다는 걸 알았는지 굳이 날 불러 세우지 않는다.

막 식당에 도착한 어린 경찰들이 날 본다. 역시. 뭘 모르는 놈들이구만. 경찰들의 주름살 하나 없는 얼굴을 보자 갑자기 마음이 편안해진다. 그들에게 웃으며 다가간다.

"무슨 일이시죠?"

"여기서 살해 위협이 있었다는 신고를 받고 왔습니다."

사근사근 웃으며 인사를 했건만 상대는 멀뚱히 나를 쳐다보더니 무뚝뚝하게 대답한다. 요즘 어린 것들은 왜 이리 딱딱해. 사회생활 할 줄 모르는구먼. 속으로 혀를 찬다.

"살해 위협이라니요?"

"여기 할머니 한 분이 식당에서 이물질이 나왔다고…….여기 경찰에 신고하신 분 누구시죠?"

경찰이 큰 소리로 식당 안을 향해 소리치자 누군가 걸어 나온다.

"나요."

또 저 할머니다. 젠장. 순간 현기증이 나서 이마를 짚을 뻔한다.

"아니, 할머니…… 불편하신 점이 있으면 저희에게 말을 하시지…….'

상황이 이 지경이 되도록 다들 뭘 한 거란 말인가. 주위에 서 있는 직원들에게 눈빛으로 레이저를 쏘자 다들 당황하며 시선을 피한다. 젠장.

"이거요."

레모네이드 할머니는 나의 애절한 눈빛은 본척만척 경찰에게 접시를 건넨다. 나의 비굴한 태도를 비웃는 듯한 행동에 인상이 확 구겨진다.

"여기 캡슐 보이쇼?"

오늘 식당 메뉴 중 하나였던 바질 파스타 접시 가에 녹다만 빨간 캡슐 하나가 올라와 있다. 먹다가 발견하고 건져낸 모양이다. 순간 등골에 털이 바짝 선다.

"저희는 좀 특수한 병원이라 환자분들이 약을 잘 안 드시려고 하시면 음식에 섞어 드리기도 해요……."

해명을 하려는데 할머니가 싹둑 말을 자른다.

"난 아직 상태가 심하지 않은 환자요. 내 약은 내 스스로 챙겨먹지. 그런데 이게 왜 내 접시에 들어 있다는 거요?"

"아무래도 직원의 착오로……."

할머니의 매서운 공격에 절로 이마에 땀이 밴다. 그때 손안에 진동이 느껴진다. 내 전화를 확인한 상대방이 전화를 걸어온 것이다. 구세주를 만난 듯 눈앞이 일시에 밝아진다. 전화를 받은 내가 간단히 상황을 설명한 뒤 경찰들에게 받아 보라고 전화를 건네준다. 처음엔 어리둥절해 하던 그들은 전화를 받아들자 먹구름 낀 것처럼 표정이 어두워진다.

그에 반비례해 내 마음속에는 구름이 걷힌다.

"내가 당사잔데 왜 자꾸 원장이 끼어드는 거요?"

경찰의 관심이 다른 데로 돌아가자 화가 난 할머니가 쏘아붙인다. 당장이라도 그녀가 지팡이를 휘두를 것 같아 나는 두어 걸음 뒤로 물러났다.

"뭐…… 일단은 알겠습니다."

잠깐의 통화였지만 경찰들의 태도는 눈에 띄게 달라져 있다. 한 손으로 받아들던 전화기를 두 손으로 돌려주고 나서 경찰들은 사건은 접수했고 일단 가 보겠다고 한다. 마음이 흡족하다.

"이건 안 가져가는 거요?"

화가 난 할머니가 그들의 등에 대고 접시를 흔든다. 가져가야 하나 말아야 하나 망설이던 경찰들을 대신해 내가 접시를 받아들었다.

"제가 잘 포장해서 전달해 드리겠습니다. 할머니."

그녀에게서 접시를 빼앗아 들고 뒤에 서 있는 직원들에게 빨리 그녀를 데려가라는 눈치를 준다. 내 뜻을 알아들은 직원들이 그녀를 에워싼다. 진작에 좀 그럴 것이지.

아무리 무서운 할머니라고 해도 젊은 직원들의 힘에 당할 수는 없다. 경찰들은 돌아가 버리고 나는 접시를 들고 주방으로 향한다. 할머니가 사람들 사이로 손을 내뻗어 보지만 이젠 소용없는 일이다.

"저희가 처방하는 약 중에는 이런 약은 없는데요."

주방에 의사들을 모이게 했다. 포크로 몇 번 녹은 캡슐을 뒤적이던 남자 의사가 조리대에 포크를 내려놓는다. 다른 의사들도 고개를 흔들기는 마찬가지다. 나도 이런 약은 본 적이 없다.

"근데 이거…… 그거랑 좀 비슷한 거 같기도 하고."

서이수다. 그녀가 확실치 않은 말투로 말끝을 흐리자 모두가 그녀를 향해 시선을 돌렸다.

"뭐랑요?"

"생리통 진통제요."

서이수가 반쯤 녹아 없어진 빨간 캡슐을 유심히 들여다본다.

"그럼 생리통 진통제를 주방에서 넣었단 말입니까? 도대체 왜요?"

"모르죠. 저도."

그녀가 무책임하게 어깨를 으쓱인다.

"근데 저희가 약 처방을 하면 대부분 환자분들이 알 수 없게 드리는데 이건 좀 이상하지 않아요?"

의사들 중 누군가 의혹을 제기한다. 그건 그렇다. 환자들의 입안에 들어갈 때쯤에는 약이 약의 모습을 하고 있지 않은 것이다.

"그럼 할머니가 일부러 그걸 넣으셨단 거예요? 그건 좀 이상하죠. 할머니가 뭐하러 그렇게 하시겠어요."

그건 그렇다고 생각하려는 찰나 뭔가가 머리를 스친다. 할머니가 일부러 경찰을 불러들인 거라면? 마을을 나가지 않고도 가장 쉽게 경찰을 만날 수 있는 방법이 아닌가. 순간 눈앞이 아득해진다.

"원장님? 원장님?"

넋이 나가 있는 내 표정을 보고 사람들이 어리둥절해한다. 지금 내가 어떤 구덩이를 간신히 뛰어넘었는지 모르고.

"어이, 김 원장. 별일 없지?"

"오 박사. 오랜만이야."

겨우 상황을 정리하고 다시 식당에 들어서자 익숙한 얼굴들이 우리를 반긴다. 한 테이블에 둘러앉아 미리 주문해 둔 코스요리를 시킨다.

익숙한 이들과 익숙한 자리에서 익숙한 대화들이 오고 간다. 어쩌면 이중에 내 적이 있을지도 모른다.

"어때, 요즘 장사는 잘 돼?"

박견목. 3선 국회의원. 한 치 앞을 알 수 없는 정치판에서 오래 살아남은 만큼 눈치도 빠르고 태세전환도 빠르다. 어쩌면 아까 그의 모른다는 말은 연기였을 수도 있다. 침 튀겨가며 쌍욕을 하고 싸워도 뒤에서는 허리 숙여 인사해야 하는 게 정치니까 그에게 배우 뺨치는 연기 실력은 기본이다.

"뭐, 불황이라……."

최일호. 이름만 대면 알 만한 대기업 사장. 그가 내게 미리 예약해 둔 덕에 치매에 걸린 아버지는 이름만 회장이 되어 도란마을에 처박혔다.

"최 사장 엄살은 알아 줘야 돼. 이번에 흑자 엄청 났다고 하던데! 비결이 뭐야?"

강철수. 대형 로펌 파트너 변호사. 그는 흔히 말하는 개룡남으로 이 마을 인맥 때문에 하급 요양 병원에 있던 자기 아버지를 여기로 모셨다. 상류층에 편입한 지 얼마 안 된 케이스.

"비결은 무슨……."

"이 사람아. 비결이 따로 있나! 형님이 대법에 계신데."

오학준. 국내 굴지의 제약회사 사장. 어머니와 이모를 이 마을에 입원시켰다. 도란마을을 넘기라며 탐내고 있기도 하고 여러모로 내 자리를 넘본다. 범인 의심 순위 1위.

나를 포함한 이 다섯 명이 친목회 주요 멤버이다. 그리고 내 사업에 투자한 투자자들이기도 하고.

"아아 그렇지! 내가 그걸 잊었네. 미안하네. 자네 형님은 잘 계셔?"

"그냥 늘 똑같지 뭘……."

일호가 말을 흐린다.

"아, 맞아. 김 원장. 내가 부탁했던 건 어떻게 됐어? 효과가 좀 있어?"

학준이 묻는다. 그가 회사에서 개발하고 있는 치매 치료약에 대한 물음이다. 그는 내게 부탁해 몰래 도란마을 주민들을 모르모트로 쓴다.

"아직 예후가 좋은 건 없어. 좀 더 지켜봐야 돼."

"내가 말한 대로 복용법 지킨 거야? 약 안 주거나 빼돌리는 건 아니지?"

"내가 그런 짓을 왜 해? 안 그래도 신약 실험 하다가 주민들 죽으면 나만 손해야. 작작 좀 해!"

나도 모르게 소리를 지른다. 식당 안의 직원들이며 주민들이 나를 쳐다본다. 젠장. 학준이 저 새끼 때문에……

"미안해. 하지만 나도 조급해져서 그래."

"그러게 그런 실험은 하급 요양 병원에서나 하라고. 철창

속에 노인네들 가둬 놓는 데 말야. 돈만 준다면 하겠다는 사람 천지인데. 왜 못해?"

내가 낮게 으르렁거리자 학준이 할 말이 없어졌는지 뭐라고 웅얼대다가 접시 위의 스테이크를 썬다. 어차피 유언장이야 다 정해져 있으니 지들은 부모가 오늘 죽이도 그만, 내일 죽어도 그만이지만 내게는 당장의 돈줄이 달린 문제다. 아직까지는 대기자가 많다고 하지만 사람이 곧잘 죽어 나간다는 소문이 돌면 언제 문을 닫아야 할지 모른다. 게다가 지금 있는 주민들 뒤치다꺼리 하는 것도 짜증나는데 배달 사업에다가 이 자식들 요구까지 들어 주려니 여간 힘든 게 아니다.

식사 자리가 금세 냉랭해져 다들 먹는 둥 마는 둥 한 채로 자리에서 일어난다. 식사를 마친 노인들이 자기 방으로 돌아가고 우리도 문 닫은 카페로 향한다. 주머니에서 열쇠를 꺼내 불 꺼진 카페 문을 연다.

"마지막에 들어오는 사람이 문 잠가."

"알았어."

내가 먼저 카페 카운터 안쪽으로 들어가 뒷문을 열고 차례로 멤버들이 들어온다. 3칸×3칸으로 이루어진 마을 상가의 정가운데 빈 부분이다. 직원들은 평소에 잘 쓰지 않

173

는, 비워 두는 창고 정도로 알고 있지만 여기엔 우리들의 '보물섬'으로 향하는 비밀의 문이 있다. 커피 원두 포대를 치우고 바닥에 난 문을 연다.

"여긴 엘리베이터 설치 언제 할 거야? 매번 올 때마다 사다리로 오르락내리락……."

"오 박사. 운동 좀 해. 이왕에 운동한다 치면 좀 좋아?"

일호가 학준을 놀리자 사다리를 타고 내려오던 이들 모두가 와하하 웃어젖힌다. 나도 고소한 생각이 들어 평소보다 더 크게 웃는다.

사다리를 타고 내려오자 지상에 있는 상가와 똑같은 크기의 지하실이 펼쳐진다. 지하실 중앙엔 사다리, 3칸을 뚫어 약 포장실을 만들고 3칸을 뚫어 친목회 멤버들의 비밀 금고와 와이너리, 그리고 마지막 3칸을 뚫어 은밀한 휴게실을 만들어 두었다.

"자, 자. 오랜만에 모였는데 한 잔들 해야지?"

역시 넉살 좋은 견목이 어느새 와인병과 잔을 들고 와 소파 쪽으로 가져왔다.

"좋은 날 왜 그리 죽상들을 하고 있어."

잔을 나눠 갖고 술을 돌린다. 최상급 와인에서 뿜어져 나오는 포도 향기가 어느새 방 안을 적신다.

"우리의 보물섬을 위하여!"

술이 한 잔씩 돌고 나자 분위기가 다시 말랑말랑해진다.

"김 원장. 나 있다가 금고 좀 열어 줘. 마누라가 이번에 어디 파티를 간다고 저번에 맡겨 뒀던 우리 어머니 다이아 목걸이 좀 꺼내 달라네."

"알았어. 내가 나갈 때 꺼내 줄게."

"믿을 만한 금고가 곁에 있으니 얼마나 좋아. 집에다 두면 도둑 걱정, 은행에 두면 세금 걱정. 여기다 두면 걸릴 일도 없고, 급할 때 꺼내다 쓸 수도 있고. 안 그래?"

"이 마을을 만들기는 엄청 잘 만들었어. 우리가. 치매 걸린 엄마 아버지 공기 맑고 경치 좋은 데다 모시고. 이게 꿩 먹고 알 먹고 아니야."

"으하하. 맞다. 맞어. 우리가 진짜 효자들이지. 아들 아니면 누가 부모 챙기나."

"아이고, 기분 좋다. 자 건배!"

"건배!"

왁자한 분위기에서 와인 잔이 요란한 소리를 내며 부딪힌다. 역시 지하실을 만들어 두길 잘했다. 지상이었다면 시끄럽다고 또 노인들이 울고불고 난리가 났을 테니까.

"이제 분위기도 탔는데 아이스크림 맛 좀 보자. 김 원장."

일호가 잔뜩 상기된 목소리로 나를 불렀다.

"이번에 물건 어때?"

"항상 최상급이지 뭐."

약 포장실에 가서 배달용으로 준비해 두었던 랩에 싸인 흰 가루 한 뭉치를 들고 온다. 탁자 아래에 있던 빳빳한 종이를 꺼내 가루와 함께 올려 둔다.

"이번에도 멕시코에서 온 거야?"

"응. 멕시코."

고개를 끄덕인 일호가 익숙한 손놀림으로 가루를 종이에 일자로 편 뒤 코로 들이마신다. 종이와 가루가 멤버들 사이를 돌고 내 앞까지 온다. 나도 들이마시고 코를 킁킁댄다.

"아, 좋다. 역시 멕시코 애들이 약은 잘 만들어."

한껏 나른해진 목소리로 견목이 말한다.

"언제까지 소매 장사 할 거야?"

반쯤 눈이 풀린 학준이 말한다. 또, 또 끼어들지. 저 새끼. 꼴에 투자자라고 갖은 참견은 다 하는 학준이다.

"비둘기 날려 가지고 언제 다 팔아먹겠냐? 쥐꼬리만 한 돈 나눠주면서. 그냥 우리끼리 와서 즐길 수 있는 방 하나 뚫어 준 거지 이게 뭐야. 수익도 안 나고. 좀 판로 좀 넓혀 봐. 임마."

"비둘기로 하니까 흔적이 안 남는 거야. 이게 교도소든 어디든 다 간다고. 들켜서 너네 다 감방 가고 싶어? 한번 터지면 이거 보통 일 아냐."

"사내새끼가 돼 가지고 드럽게 좀스럽게 구네."

학준의 말에 열심히 항변하는데 문득 그가 저번 주에 장부를 보고 싶다고 하던 일이 생각난다. 그래. 이 새끼야. 호시탐탐 내 자릴 노리니까 장부까지 들춰 본 거야. 순간 머리로 열이 훅 올라온다.

"넌 나한테 투자한 거야."

"뭐라고?"

"넌 나한테 투자한 거라고, 시발놈아. 그러니까 내가 사업을 어떻게 하든 신경 끄라고!"

"이 새끼가 미쳤나!"

내가 주먹 쥐고 일어서며 소리 지르자 학준이 내게 달려든다. 몽롱한 정신으로 소파에 늘어져 있던 남자들이 우리를 보며 웃는다.

"네가 장부 훔쳐본 거지!"

"이 새끼가 아까부터 뭐라는 거야?"

학준과 내가 엉켜 엎치락뒤치락하지만 몸에 제대로 힘이 들어가지 않아 주먹이 젤리처럼 흐늘거린다. 결국 손바닥으로 서로의 얼굴을 뭉갠다. 학준의 침이 손바닥에 묻는 게 느껴진다. 소파에 앉아 있던 녀석들이 더 크게 웃는다.

"네가 오늘 내 방에 나 몰래 와서 장부 훔쳐보고 간 거 아냐. 이 새끼야!"

"이 개새끼가 뭐라는 거냐. 응? 나 오늘 저녁에 너 만나러 간 게 처음이었거든? 미친놈아."

안 믿어. 안 믿어. 이 쌍놈새끼. 남의 사업이나 채가려고 하는 주제에. 뻐꾸기 같은 새끼.

"어. 김 원장. 전화 왔다."

몸싸움을 하는 사이에 핸드폰이 떨어졌는지 철수가 내 핸드폰을 주워 보여 준다. 직원에게서 온 전화다. 근무 시 간 끝나면 연락하지 말라고 했는데 그걸 알면서도 전화한 거라면 보통 일은 아닌가 보다. 학준의 몸 아래에서 빠져나 와 통화 버튼을 누른다.

"네."

"원장님. 지금 큰일 났어요. 할머니가 돌아가셨어요."

"할머니? 누구 할머니?"

여기 할머니가 어디 한둘이어야 말이지. 그렇게 말하면 어떻게 아나.

"그…… 아, 갑자기 말하려니까 이름이 생각 안 나네. 아!

꼬마랑 같이 다니던 할머니요."

"그 할머니가?"

"네. 앰뷸런스가 지금 마을에 와 있어요. 이번 건은 와 보셔야 할 것 같아요."

"알았어요. 바로 갈게요."

이게 웬 횡재냐. 몸을 털고 일어선다. 마약과 술에 취해서 기분이 좋은 데다 이런 좋은 일까지 겹치다니. 웬일로 오늘 마지막에 이렇게 좋은 일이 생기지? 운수 좋은 날인가 보다. 내가 살짝 비틀거리며 사다리에 올라타자 아래에 앉은 남자들이 킬킬대며 웃는다.

7 진짜 수상한 놈은 검은 옷을 입지 않는다

"휴."

"할머니. 저 오줌 마려워요."

"난 이미 쌌다."

벽에 붙어 있던 우리는 가슴을 쓸어내렸다. 젠장. 조금만
더 늦었으면 원장에게 들킬 뻔했다. 장부를 정신없이 들여다
보는 사이 꼬마가 원장이 온다고 알려 주지 않았으면 현장
에서 붙잡힐 뻔했다. 긴장한 채로 어찌나 급하게 뛰어 내려
왔는지 그만 속옷에 찔끔 지려 버렸다. 망할 놈의 요실금. 축
축한 속옷을 입은 채로 어기적어기적 내 방으로 걸어갔다.

"할머니, 도망가요."

화장실이 급한지 앞장서서 걷던 녀석이 내 방문을 열다
가 그대로 뒤돌아 나왔다.

"왜?"

"우릴 잡으러 왔나 봐요."

뭐? 벌써? 갈 땐 가더라도 속옷은 갈아입고 가야지. 내가
걸어가 방문을 열었다.

"아이, 뭐야."

윤 비서가 내 방 침대에 꼿꼿이 허리를 세우고 앉아 있었다. 언제나처럼 절도 있는 자세였다.

"회장님, 오셨습니까."

나를 발견하고는 그녀가 일어나 허리를 굽혀 인사했다.

"그래. 꼬마야, 들어와. 우릴 잡으러 온 거 아니다."

꼬마가 못 믿겠다는 듯 쭈뼛쭈뼛 다가와 문을 사이에 두고 고개만 빼꼼히 내밀었다. 애늙은이 같은 소리를 해대도 이럴 때 보면 애는 애다.

"검은 선글라스에 검은 양복을 입고 있어서 애가 겁을 먹었나 보구만."

"겁 안 먹었어요!"

내 말에 꼬마가 발끈해 소리쳤다.

"그게 겁먹은 거야."

일단 난 옷부터 갈아입어야겠다. 재빨리 옷장에서 새 옷과 속옷을 꺼내 화장실로 들어갔다.

"아이고, 살겠네."

변기에 앉아 볼일을 보니 마음이 편해졌다. 뒤처리를 하고 손을 씻은 뒤 천천히 옷을 갈아입었다. 빨리 하고 싶은데 마음에 비해 손이 너무 느렸다. 겨우 원피스를 껴입고 속옷을 집어 들어 허리를 굽혔다.

"아이고, 죽겠네. 이런 젠장."

허리가 말을 잘 듣지 않아 속옷 하나 갈아입는데 앓는 소리가 절로 나왔다.

오래 기다렸는지 문을 열고 나오기가 무섭게 문밖에서 기다리고 있던 꼬마가 총알같이 화장실로 들어갔다.

"옷…… 바꿔 입는 게 나을까요."

자기 옷을 내려다보던 윤 비서가 우울한 목소리로 중얼거렸다.

"됐어. 입고 싶은 대로 입어. 좀 수상해 보이긴 한데, 진짜 수상한 놈들은 그런 거 안 입어."

"죄송합니다."

그녀가 고개를 숙이고 나는 됐다고 손사래를 쳤다. 이런 불필요한 감정 소모는 싫다. 논리와 빠른 결론이 좋다.

"오늘은 뭣 때문에 온 거야? 일은 거의 다 처리했잖아."

"유언 때문입니다. 변호사들이 회장님 유언이 이상하다고……."

"지들이 내 돈 받고 일하는 처지에 이상하고 말고가 어디 있어? 건방진 새끼들. 이참에 다 잘라야지 안 되겠어. 자식 있는 놈들 탈세해 가며 유산 상속 해 주는 거는 안 이상하고 내가 다른 놈들이 허튼수작 못하게 서울역에다 돈 갖다 뿌리는 건 이상해? 이런 미친놈들."

내가 펄펄 뛰니 윤 비서도 안절부절못하는 모양새다. 핏 대를 올리니 갑자기 어지러워져 침대에 앉았다. 윤 비서가 재빨리 물을 떠다 주었다. 눈치 빠른 누군가가 옆에 있다는 건 좋은 일이다. 여기서는 누군가 다가오는 걸 극도로 경계 하게 된다. 나는 늙고 쇠약해지고 있고, 남들이 내 진짜 모 습을 알게 되는 걸 바라지 않는다.

나는 여기서 직원들이 치매에 걸린 노인들에게 어린아이 대하듯 하는 행동들이 치가 떨린다. 누군가 나를 갓난쟁이 어르듯이 말을 한다면 나는 그의 뺨을 때릴 것이다. 그리고 침을 뱉고 욕할 것이다. 하지만 치매가 심해지면 과연 그럴 수 있을까? 얌전히 그들의 품에 안겨 돈을 내고 조롱당하 는 게 아닐까? 그건 정말 끔찍하다. 나는 그 전에 죽을 것 이다. 나에겐 아직 그들이 모르는 비장의 무기가 있으니까.

"어차피 나 죽으면 싸 짊어지고 갈 것도 아니니 재단이니 뭐니 해서 돈놀이 하는 꼴 보기 싫어. 나 죽으면 유언 잘 이행해 줄 거지?"

내가 바라보자 윤 비서가 말없이 고개를 숙였다. 선글라 스 아래의 입꼬리가 축 처진 게 보였다. 그나마 그녀는 내 주위에서 내 돈이 아니라 나에게 고개를 숙이는 몇 안 되는 사람이다.

"마침 잘 왔어. 안 그래도 내가 얼마 전에 빚을 좀 진 사람이 있어서. 이 사람 찾아가서 자네가 좀 챙겨 줘."

이름과 전화번호가 적힌 수첩을 찢어 그녀에게 건네자 조심스럽게 안주머니에 종이를 넣었다.

"어머니는 좀 어때?"

"회장님 덕에 잘 지내고 계십니다. 곧 퇴원하실 것 같아요."

"그래. 몸조리 잘 하시라 그래. 부탁했던 물건은?"

"여기 있습니다. 회장님."

윤 비서가 주위를 살피며 조심스럽게 작은 쇼핑백을 내밀었다. 마침 꼬마가 화장실에서 나오는 소리가 들렸다. 내가 잡아채듯이 받아 침대 밑에 숨겼다.

"수고했어. 가 봐."

나가 보라는 손짓을 하자 윤 비서가 재빨리 허리 숙여 인사한 뒤 방을 나갔다. 그녀는 되묻는 법이 없어 부리기 편한 사람이다.

"저 아줌만 누구예요?"

"내 비서."

꼬마가 손을 씻고 왔는지 물 묻은 손을 제 바지에 슥슥

닦았다. 물 자국이 손바닥 모양으로 하늘색 바지에 남았다.

"영화에 나오는 경호원 같이 생겼어요."

"뭐 그것도 겸하고 있었지. 내가 여기 들어오면서는 필요 없어졌고."

"여기 있는 동안 누가 할머니 헤코지 하러 오면 어떻게 해요?"

"그럼 네가 좀 지켜 줘라."

내 말에 꼬마가 입술을 쭉 뺐다. 나는 킬킬 웃었다.

"그나저나 그 장부 참 이상했어. 너구리, 참새 같은 이상한 별명들이랑 짧은 주소, 수량 정도만 적혀 있고. 근데 그걸 왜 우리한테 보라고 한 거지? 누가 그 쪽지 전해 줬다고?"

"교복 입고 다니는 중학생 누나요. 빨간 리본으로 머리 묶고 다니는. 그 누나는 다른 아저씨가 전해 달라고 했다던데요."

"원장 딸 말이구나. 다른 아저씨 누구?"

"왜, 오리 달고 다니는 아줌마 미행했을 때 있잖아요. 그때 우리 뒤에서 말 걸었던 그 아저씨요."

"아, 그 이상한 정치인 같은 놈 말이냐? 제약회사 사장이라던가, 그랬던 거 같은데. 돈 냄새 맡고 나한테 알랑방귀 뀌는 놈들 중 하나지."

"네. 그 아저씨가 전해 달라 그랬대요."

"그거야말로 이상하다. 그놈이 왜 그런 걸 전해 주라고 했을까?"

아무리 머리를 굴려 봐도 알 수 없는 노릇이었다. 방학이라고 자기 아버지가 일하는 곳에 놀러 와서는 죽상을 하고 내내 교복만 입고 돌아다니는 여자애도 이상했고 느끼한 정치인 같은 놈도 이상했다. 내가 하는 일이 그렇게 사람들 관심을 끌 만한 일이었나? 내가 알고 싶은 건 아기를 누가 죽였느냐인데 그 수상한 장부랑 나랑 무슨 상관이 있다고? 머리가 복잡했다.

"아무튼 그놈은 뭔가 위험해 보이니까 너 혼자 마주치지 마라. 진짜 미친놈 같아 보여."

일단 수첩을 꺼내 수집한 정보들을 차례차례 적어 넣었다.

"할머니는 왜 핸드폰에 메모 안 해요?"

"그게 더 쓰기 복잡해. 말 시키지 마라. 헷갈리니까."

"장부 내용을 할머니가 다 기억해요?"

말없이 수첩에 정보들을 써 넣고는 샤워가운 주머니에 들어 있던 핸드폰을 꺼내 보여 주었다.

"내가 왜 기억해. 얘가 기억하면 되지."

"오, 대박!"

꼬마가 놀라는 표정을 지으며 조잘댔다. 꼬마를 놀랬다는 생각에 약간 뿌듯했다.

"할머니. 글자가 엄청 커요."

꼬마가 핸드폰 배경화면에 뜬 전자시계 숫자를 가리켰다. 숫자가 화면 절반을 잡아먹었다.

"글자가 크지 않으면 잘 안 보여."

"안경을 써도요?"

"어. 개중에 늙어도 눈 좋은 사람은 있겠지."

"문자 왔어요."

꼬마가 핸드폰을 내밀자 몸을 돌려 꼬마를 등지고 문자를 확인했다. 윤 비서로부터 온 문자였다.

— 아직 사무실에 있음.

"확실히 글자가 크긴 크네요."

어느새 침대 위에 올라서서 내 어깨를 넘겨다보던 꼬마가 중얼거렸다. 젠장.

"누구 얘기예요?"

꼬마가 나를 추궁했다. 이런 건 싫다. 묻는 쪽은 내 쪽이되어야 한다. 그때 멀리서 사이렌 소리가 들려왔다. 기회다.

"나가자. 나가서 큰 나무 안을 훔쳐보고 와. 내가 무등 태워 줄 테니. 어수선한 걸 보니 지금이 기회다."

"알았어요."

꼬마와 함께 밖으로 뛰어나가자 마을 안쪽으로 앰뷸런스가 요란한 소리를 내며 들어와 있다. 곧 사이렌 소리가 꺼졌다. 마을 주민들이 불안해할까 봐 누가 미리 일러 준 것 같다. 식당 옆의 6호실에서 누가 다친 모양인지 구급대원들이 들것을 들고 달려갔다. 사람들이 웅성대며 그쪽으로 몰렸다. 눈치를 보던 우리는 재빨리 큰 나무 쪽으로 다가간다. 마침 원장이 쓰던 사다리가 남았다. 다행이다. 진짜로 꼬마를 목마 태웠으면 내 모가지가 부러졌을지도 모른다.

주변에 사람이 없는 것을 확인하고 꼬마를 올라가게 했다. 꼬마의 엄마가 본다면 기함할 장면이었다. 꼬마가 차분하게 사다리를 오르고 나는 사다리가 흔들리지 않도록 단단히 붙잡았다. 꼬마가 원장이 뒤적거리던 곳을 한참 보다가 새에게 쪼였는지 비명을 질렀다.

"괜찮냐?"

"괜찮아요."

꼬마가 비명 소리에 비해 꽤 의연하게 대답했다. 나뭇가지 속 다른 둥지도 뒤졌지만 별 소득이 없는지 금방 내려왔다.

"어머니, 여기서 뭐 하세요?"

꼬마가 사다리에서 내려오자마자 뒤에서 누군가 말을 걸었다. 남자 직원이 우리가 하는 짓을 다 본 건지 허리에 손을 얹고 내려다보고 있었다. 건방진 놈. 꼬마가 눈치를 보며 내 뒤로 숨었다.

"대체 누구보고 어머니라는 거요. 나는 자식을 낳은 적이 없는데."

내가 적반하장으로 뻔뻔하게 굴자 직원도 할 말을 잃었다. 그 틈을 놓치지 않고 파고들었다.

"무슨 일이 난 거요?"

턱 끝으로 사람들이 모인 곳을 가리키자 직원이 어깨를 으쓱하며 말했다.

"6호실 할아버님이 돌아가셨다나 봐요. 할머니도 갖고 계시죠? 맥박 장치. 거기서 5분 이상 맥박이 안 잡히면 구급차가 오게 되어 있거든요."

여기 들어왔을 때부터 강제로 차게 했던 팔찌였다. 그냥 고무줄 같은 건 줄 알았는데 그것도 아닌가 보다.

"뭐, 흔한 일이죠. 워낙에 연세들이 있으시다 보니……."

그가 아차 하며 입을 가리고 내 눈치를 봤다. 나는 '봐줬다' 하는 표정을 지으며 꼬마를 데리고 그곳을 빠져나왔다. 멀리 걸음을 옮기는 것도 힘들어 수영장 앞 선베드에 꼬마와 나란히 앉았다. 시원한 레모네이드나 한 잔 마시고 싶다. 목이 타는 걸 애써 참고 꼬마에게 물었다.

"그래, 나무엔 뭐가 있다냐?"

"별거 없던데요. 먹이통이랑 물통, 흰 새들만 잔뜩 있고 알 몇 개에. 괜히 쪼이기만 했어요."

꼬마가 새에게 쪼여 빨개진 손등을 문질렀다.

"혹시 알이 가짜는 아니더냐?"

"저도 그 생각해서 만져 보고 흔들어 봤어요. 따듯하고 안에 살짝 출렁이는 느낌이 나는 게 진짜 새알 맞아요."

역시 이 녀석은 영리한 놈이다. 상대방이 묻기 전에 뭘 궁금해 할지 아는 녀석.

"네가 똑똑하다는 걸 어른들이 알게 하지 마라. 애가 너무 똑똑하면 어른들이 다른 마음을 품거든."

꼬마가 어깨를 으쓱하고 나는 웃음을 터뜨렸다.

"혹시 우릴 놀리려고 그런 거 아닐까요?"

"무슨 말이냐?"

"우리가 괜히 쓸데없는 짓 하고 돌아다닌다고 생각하는 사람이 우리가 원하는 정보인 척 흘려서 우릴 헷갈리게 만드는 거죠. 김빠져서 포기하게 하려고."

"그런 것 치고는 꽤 스릴 있는 정보였지. 차라리 엉뚱한 장소에 가게 해서 골탕 먹일 수도 있는데 진짜 수상해 보이는 걸 보여 줬잖아."

"그것도 일부러 원장한테 걸리게 해서 더 이상 못 캐고 다니게 만들려고 그런 걸지도 모르죠."

흐음……. 아주 허무맹랑한 소리는 아니다. 하지만 너무 똑똑하게 굴려고 하면 오히려 일이 복잡해진다. 나랑 똑같은 자세로 턱을 괴고 있는 꼬마의 정수리를 내려다보았다.

"있잖아요, 그 누나. 그날도 여기 있었어요."

"뭐?"

"쪽지 갖다 준 누나요. 사람들이 아기 발견한 날 우리 옆에 있었거든요. 쓰레기장에서 사람들이 소리 지르기 전에 엄마랑 저는 강당에서 요가 매트 깔고 있었어요. 그 누나는 우리 옆에서 같이 도와주고 있었고요."

"그럼 그 애가 그날도 여기 있었던 거로구나? 난 그 사건 이후로 이 마을에 들어온 줄 알고 아무 상관도 없다고 생각했지. 걔한테 뭘 좀 물어 봐야 될 수도 있겠어."

수첩에 '빨간 리본 여자애 물어볼 것'이라고 적어 두었다.

"할머니. 엄마가 불러요. 잠깐 다녀올게요."

"그래. 난 방에 가 있으마."

손목에 달린 핸드폰을 들여다보던 꼬마가 식당 쪽으로

뛰어갔다. 나도 문득 할 일이 생각났다.

방에 들어앉아 노트북으로 변호사에게 보낼 메일을 쓰고 있는데 누군가 내 앞에 다가왔다. 서이수 의사였다.

"뭐요?"

한창 유언 내용에 대해 생각하던 참인데 맥이 끊기니 짜증이 났다. 빨간 안경을 고쳐 쓰며 올려다보니 서이수 의사가 움찔하는 게 눈에 보였다.

"할머니. 식당으로 한번 가 보세요."

"밥 때는 지났소."

손목에 걸친 금장 시계는 점심 시간도 간식 시간도 아닌 애매한 시간을 가리키고 있었다.

"저희 애가 좀 와 보시라고⋯⋯."

그러고 보니 내 옆자리 선베드에 앉아 있던 꼬마의 모습이 보이지 않았다.

"댁네 아들은 왜 사람을 오라가라 하는 거요?"

결국 투덜대면서 노트북을 덮고 자리에서 일어났다. 꼬마가 나랑 다니면서 이런 적은 한 번도 없기에 무슨 일이 있나 싶기도 했다. 하긴, 그 애한테 무슨 일이 일어났다면 서이수 의사가 내 옆에 쩔쩔매며 서 있지도 않겠지만. 지팡이를 끌며 식당으로 걸어가는 길에 담배 생각이 났다. 머리를 굴리고 나니 한숨 돌리고 싶은 생각이 간절했다.

"할머니. 여기예요."

식당 입구 근처의 테이블에 앉아 있던 꼬마가 뒤를 돌아 내게 손을 흔든다. 유리창 너머로 내가 선베드에 앉아 있는 게 보이고 걸어오는 모습도 다 보았을 텐데도 뭐가 그렇게 반가운지 모르겠다.

내가 뚱한 표정으로 어기적어기적 걸어오든 말든 꼬마는 싱글벙글이었다. 평소 같지 않은 반응에 뭔가 이상하다는 느낌을 지울 수가 없었다. 시선을 돌려보니 꼬마의 맞은편에는 여기서 몇 번 스쳤던 얼굴이 앉아 있었다. 나보다 치매 진행이 좀 더 되긴 했지만 다른 이들보다는 덜한 편이라 종종 새벽마다 공원에 앉아 신문을 펴 보는 이였다. 꼬마가 대체 무슨 수작을 벌이는지 몰라 절로 미간이 좁아졌다.

"할머니. 이 할아버지가 할머니가 좋으시대요."

테이블 가까이 다가서자 아이가 조잘거렸다. 그러니까 소개팅, 뭐 그런 거다. 누가 시킨 걸까? 아니면 꼬마 혼자만의 생각이었던 걸까. 어느 쪽으로 보나 꼬마답지가 않았다. 내가 의자에 앉는 걸 긍정의 의미로 생각했는지 꼬마의 입이 활짝 벌어졌다. 하지만 난 다리가 아파서 앉았을 뿐이었다.

"그럼 전 빠져 드릴게요."

아이가 폴짝 의자에서 뛰어내리자 도망가지 못하게 지팡이를 들어 그의 앞을 막았다. 주변 사람들이 긴장한 게 느껴졌다. 지금은 정신이 멀쩡한 내 앞에 앉은 이가 놀라 눈이 둥그레진 것이 보였다.

"내가 데리고 다니는 녀석이 오해하게 했다면 미안하게 됐소. 하지만 난 여기서 편안히 살다 죽고 싶지 무슨 새로운 인연을 맺고 싶은 건 아니오."

정중하지만 단호한 거절에 상대도 별 말을 하지 못하고 고개를 숙였다. 지팡이를 거둬들이고 자리에서 일어났다.

"할머니……."

식당에서 척척 걸어 나오자 꼬마가 뒤따라오는 것이 느껴졌다. 식당 뒤의 쓰레기장 벽에 붙어 담뱃잎을 꺼냈다. 신경질이 난 만큼 꾹꾹 눌러 담았다. 아이가 바가지 모양의 앞머리 아래로 잔뜩 주눅이 들어 나를 올려다보는 것이 보였다.

"예끼 고얀 놈."

노려보며 한마디 했을 뿐인데 마치 내가 저에게 고함이라도 지른 것처럼 눈을 꼭 감고 어깨를 바르르 떨었다. 식당 벽 모서리 너머에서 서이수가 쳐다보고 있었다. 지팡이를 휘둘러 혼낼 수도 없고 이미 상처받은 기억이 있는 녀석에게 그러고 싶지도 않았다.

담뱃불을 붙이고 깊게 한숨 빨아 마셨다. 머릿속에 뭉쳐 있던 혈관이 뚫리는 느낌이었다. 진짜로 뚫리는 거였으면 치매가 생길 일도 없었겠지만.

"네 눈엔 내가 여기서 연애놀음이나 할 만큼 한가해 보이냐? 나 바쁜 사람이야!"

목마른 자가 물을 찾는 것처럼 급하게 몇 모금 빨아들이고서야 내 옆에 벌서듯 서 있는 꼬마가 눈에 들어왔다. 꼬마는 바짓자락을 손으로 구기며 발끝을 내려다보고 있었다.

"가 봐. 이것만 마저 피우고 갈 테니까."

"네."

몇 번 눈치를 보던 꼬마가 어깨가 축 처져서는 시야에서 사라졌다. 서이수도 꼬마의 뒤를 따라 사라졌다. 벽에 뒷머리를 기댔다. 이제 좀 살 것 같다.

— 경찰에 연락 완료. 작전 개시.

핸드폰에서 알림 소리가 나기에 열어 보니 윤 비서 문자가 와 있었다. 마침 꼬마도 없고 작전을 개시하기엔 더없이 좋은 타이밍이었다. 다시 걸음을 옮겨 식당에 들어섰다. 나를 기다리고 있던 할아범은 무안해 어디론가 가 버렸는지 보이지 않았다.

195

"바질 파스타 하나 주쇼."

빈자리에 앉아 손을 들어 웨이터를 불렀다.

❋

"할머니……"

꼬마가 아직 밖에서 서성이고 있었다. 나를 발견한 꼬마가 선베드에서 일어났다. 여전히 미안한 기색이었다. 이젠 화가 가라앉아서 딱히 꼬마가 밉지 않다. 그보다 경찰까지 마을 안으로 불러왔지만 별 수확이 없었다. 어쩌면 아직 지역 유지의 영향력에 물들지 않은 경찰들을 고르려다보니 사건에 대해 잘 알지 못하는 사람들을 불러온 게 아닌가 싶었다.

"제가 죄송해요."

내가 입을 다문 채 생각에 빠져 있으니 아직 화가 났다고 생각했는지 꼬마가 쥐구멍에 기어 들어가는 목소리로 재차 사과를 해 왔다. 놀려 주고 싶은 마음에 앞서서 몇 걸음 걸었다.

어디선가 꼬르륵 소리가 났다. 돌아보니 꼬마가 배를 문지르고 있었다. 낮에 이런저런 일이 일어났다 보니 금방 배가 꺼진 것 같았다. 나도 슬슬 출출해지기 시작했다.

"몇 시냐?"

"4시요."

저녁 시간은 되지 않았다. 원장 일당들은 아직 식당에 진을 치고 있었다. 젠장. 제대로 된 식사를 하려면 모두가 밥을 먹을 시간까지 기다려야 하는 단체 생활은 짜증스럽다.

"방에 가서 뭐라도 먹자."

당이 떨어져서 도무지 생각이 나지 않았다. 담배를 피운 지도 시간이 꽤 지나서 담배를 먼저 피워야 할지 뭔가를 먼저 먹어야 할지 감이 오지 않았다. 아마 방에 가면 과자 부스러기라도 있겠지. 없으면 다른 방에서 훔쳐오면 그만이다. 어차피 그들도 없어진 과자 따윈 금방 잊을 테니까. 직원들이 장을 봐오는 노인들의 개인 냉장고에서 썩기 직전의 음식물들을 꺼내어 버리는 것처럼 은밀히 행동하기만 하면 된다.

자리에서 일어서 꼬마와 함께 방으로 가는데 발치에 웬종이 쓰레기 몇 개가 굴러 왔다. 요즘 직원이 좀 줄어든 것 같다는 생각이 들었는데 이런 식으로 티가 나는 모양이었다. 그렇다고 내가 내야 하는 돈은 1원도 줄어들지 않는다. 정말이지 돈 쓰는 보람 없는 동네다.

내가 두어 개를 줍고 꼬마가 하나를 주웠다. 있으나마나
한 도란마을 마트 영수증 하나와 밖의 편의점에서 담배와
음료수를 산 영수증이었다. 담배라는 글자를 읽자 더 담배
생각이 절실해졌다.

꼬마가 주운 건 좀 더 큰 종잇조각이었다. 누군가 편지를
쓰다 맘에 안 들었는지 공책을 찢어 바닥에 내버린 것 같았
다. 길거리에서 나뒹구는 저런 종이엔 주로 껌이 붙어 있다.

"누가 껌 뱉은……."

"널 죽일 거야, 날 배신한 널 죽여 버릴 거야. 나를 창녀
라고 욕한 네 가족들도 모두 마찬가지야."

누가 껌 뱉은 종이인 것 같으니 버리라고 하려고 했는데
꼬마가 잽싸게 주워들고는 종이에 적힌 문장을 마치 저주
인형처럼 읊어 댔다. 무섭지도 않은가 보다.

"다른 건 없나?"

"네, 이게 다예요."

꼬마가 맨 윗줄에 몇 문장만 적힌 종이를 뒤집어 내게 보
여 줬다. 꼬마는 종이가 마음에 들었는지 주머니에 쑤셔 넣
었다.

"엄청 좋아했으니까 이러는 거겠죠?"

"뭐?"

"편지 말이에요. 엄청 좋아하던 사람한테 배신당하니까 저주하는 거잖아요."

"그렇겠지. 관심도 없었다면 그런 걸 쓸 일도 없었겠지."

살벌한 말들을 읽고도 아무렇지 않은지 녀석은 덤덤했다.

"할머니는 누군가를 사랑한 적 있어요?"

'사랑'이라는 단어에 풋, 웃음이 나오려는데, 꼬마가 맑은 눈으로 나를 올려다보고 있다는 데 생각이 미쳤다. 마냥 웃으면 안 될 것 같아 표정을 정돈했다.

"글쎄, 난 모르겠다."

사랑이라, 누굴 사랑해 본 적은 없다. 내 인생에 남자 같은 건 없었으니까. 남자가 없어도 돈이 있으니 나름대로 잘 살아올 수 있었다. 오히려 없으니 더 편한 것도 사실이었다. 내게 남자가 있었다면 여기 오지 못했을 것이다.

문득 윤 비서가 떠올랐다. 내가 윤 비서를 사랑해서 그동안 돌봐준 것일까? 어미 새의 마음으로? 그것도 아니다. 나는 그렇게 이타적인 인간이 못 된다. 나는 철거촌을 사들인 부동산 업자였고 윤 비서는 철거촌에서 구한 아이였다.

나는 그녀의 집을 뺏은 사람이다. 내가 그녀를 사랑했다면 그럴 리 없다. 하이에나가 어미 원숭이를 잡아먹고 죄책감에 새끼원숭이를 돌봐준다고 해서 하이에나가 아닌 건 아니다. 물론 집도 알아봐 주고 대학까지 보내긴 했지만 내가 철거촌에 있던 인물들 모두에게 그렇게 한 것은 아니다. 모두 내 이익을 위해 움직인 것뿐이다. 윤 비서가 나에게 고마움을 느끼고 나를 위해 일하도록 그것까지 나는 계산에 두고 있었는지도 모른다.

"난 모르겠다, 그런 거. 난 플러스 마이너스는 알아도 그런 건 몰라. 사람은 언제나 죽을 때가 가까워 오면 그 문제로 돌아가곤 하지. 하지만 난 잘 모르겠어."

사랑에 대해서 무지할 뿐만 아니라 알고 싶지도 않다. 그러니 아직 내겐 살날이 남은 것이다. 내가 악랄한 인간이라는 사실이 뿌듯하다.

내 방으로 들어가 문을 닫았다. 꼬마는 냉장고를 뒤지고 나는 창가에 앉아 해갈하듯 담배를 꺼내 피웠다. 밖에서 담배 연기가 보일 테지만 상관없다. 몸이 편안해지자 기분이 좋아져 허공에 대고 킬킬거렸다.

"할머니, 과자 드세요."

누군가 부르는 것 같아 뒤를 돌아보는데 웬 녀석이 과자를 한 아름 안고 와 내가 앉아 있는 침대 위에 내려놓았다.

"넌 누구냐?"

반듯하게 차려입은 남자애가 나를 보더니 고개를 갸웃했

다. 당신이야말로 무슨 말을 하느냐는 듯한 태도였다.

"넌 누군데 내 방에 와서 내 물건을 뒤지는 거야?"

내 말에 남자애의 입이 약간 벌어졌다. 눈도 동그랗게 뜨는 것이 약간 놀란 것 같았다. 남자애가 다가오자 나는 창가에 몸을 꼭 붙이고 몸을 움츠렸다.

"할머니, 저예요."

"네가 누군데?"

아이의 얼굴을 한참 들여다보자 그제야 정신이 들었다. 꼬마구나.

"너구나."

어색한 정적이 방을 돌았다. 꼬마가 그제야 안심한 듯 한숨을 내쉬고 침대에 걸터앉았다. 나는 담배를 한 모금 더 빨고 괜히 입을 쩝쩝댔다.

꼬마와 나 둘 다 서로 어색해져서 다른 곳을 바라보았다. 꼬마는 과자를 깨작거리고 나는 담배를 마저 피웠다. 문득 좋은 생각이 났다.

"너, 이쪽 좀 봐라."

꼬마가 초콜릿이 묻은 과자를 먹으며 내 쪽을 올려다보자 꼬마의 약간 멍한 표정이 핸드폰 화면 안에 담겼다.

"뭐예요?"

꼬마의 얼굴을 잠금 화면으로 해 둔 것을 보여 줬다. 꼬마의 얼굴 위로 시간을 알려 주는 숫자가 지나갔다.

"이렇게 해두면 네 얼굴을 보면서 잊지 않을 것 아니냐."

과연 이게 얼마나 효과가 있을지는 모르지만. 핸드폰을 잃어 버리면? 핸드폰이 있어도 켜는 법을 모르면? 하지만 나는 내가 할 수 있는 걸 할 뿐이다. 화면을 열어 잠금 설정을 바꿨다.

"여기 손가락 좀 대 봐."

참을성 있는 꼬마는 요상한 내 요구가 귀찮을 텐데도 별말 없이 들어주었다. 아까의 충격이 큰 탓일까. 핸드폰에 꼬마의 지문을 등록했다. 언제든 꼬마가 내 핸드폰을 열어 볼 수 있게. 내가 없더라도.

"만약 무슨 일이 생기면 여기다 네 손가락을 대면 된다. 알았지?"

꼬마는 심상히 고개를 끄덕였다. 알아들은 건지 아닌지 잘 모르겠다. 다 태운 담뱃대를 창틀에 내려놓고 화장실에 다녀왔다. 손수건으로 담뱃대 주둥이를 잡아 지팡이에 꽂아 넣고 침대 밑의 쇼핑백을 꺼내려는데 꼬마가 어느새 침대에 쓰러져 잠든 것이 보였다. 오늘은 놀랄 일들이 많아 피곤했던 모양이었다. 침대 위에 흩어진 과자들을 치우고 꼬마를 안아 침대에 바르게 눕히고 이불을 덮어 주었다.

내가 뭘 하려고 했더라. 잠든 꼬마의 얼굴을 보니 갑자기 아무 생각이 나지 않았다. 나까지 잠이 몰려왔다. 뭔가 찾을 게 있었던 것 같은데. 조금만 자고 생각해 볼까. 그렇게 쓰러지듯 잠이 들었다.

8 밤의 미소

고래가 나오는 꿈을 꾼다. 나는 바닷가에 서 있는데 갑자기 고래가 나타나서 한번 뛰어오르더니 모든 것을 물에 잠기게 만든다. 투명한 물에 잠기자 내 몸도 둥실 떠오른다.

그리고 잠에서 깨어난다.

언제부터 여기서 자고 있었던 걸까. 눈을 뜨니 레모네이드 할머니의 침대에 이불까지 덮인 채로 누워 있다. 할머니는 옆에서 이불도 덮지 않고 안경을 쓴 채 잠들어 있다. 뻑뻑한 눈을 비비자 손등에 눈곱이 묻어나온다. 손등에 묻은 가루를 털어내고 할머니 어깨를 흔든다. 어느새 창밖으로 노을이 지고 있다.

"할머니, 할머니."

몇 번 어깨를 흔들자 할머니도 눈을 끔벅이며 일어난다.

"내가 언제 이렇게 잠이 들었냐. 몇 시지?"

레모네이드 할머니가 몸을 일으켜 기지개를 켜자 할머니의 핸드폰이 5시가 넘었다고 알려 준다.

"조금 있으면 저녁 먹을 시간이네."

"네."

"아까 우리가 누굴 만나야 한다고 하지 않았냐?"

"중학생 누나요?"

"그래, 그……. 아, 또 기억이 안 나네."

할머니가 뭘 찾는지 주머니를 뒤진다. 주머니를 뒤시는 몸짓이 멈칫 하더니 갑자기 커진다. 마치 혼이 빠진 사람 같다.

"뭐 없어졌어요?"

"수첩. 수첩이 없다."

"계속 갖고 있었잖아요."

"그런데 없어."

할머니가 자리에서 일어나 침대를 중심으로 방을 뒤지기 시작한다. 나도 열린 방문을 밀고 밖으로 나가 우리가 앉아 있던 선베드, 큰 나무까지 돌아보고 왔지만 길에는 아무것 도 없다.

"방에 없어요? 밖에도 없어요."

"없다. 없어."

레모네이드 할머니가 당황해서 어쩔 줄 몰라 한다. 마치 동네 강아지가 바닥에 실수했을 때 짓는 표정 같다. 저런 얼굴은 처음이다. 할머니는 늘 무표정이거나 한쪽 입꼬리만 올라가 있거나 애니메이션에 나오는 악당들처럼 킬킬 웃어 대곤 했는데. 지금 할머니에게서 이 마을 할아버지 할머니들에게서 가끔 보이는 얼굴이 보인다. 어딘가 텅 빈 얼굴.

"길에서 잃어버렸으면 누가 주워서 경비실에 갖다 줬을지도 몰라요."

"그래, 한번 가 보자."

할머니가 지팡이를 주워 짚고 나도 그 옆을 따라간다. 할머니가 지팡이를 짚고 빠른 걸음을 걸어 보려 하지만 삐걱대는 걸음은 어쩔 수 없다.

"아들, 어디 갔었어? 핸드폰 충전 안 해도 돼?"

우리가 지나가는 걸 발견한 엄마가 진료실에서 고개를 빼꼼히 내밀고는 물어온다.

"괜찮아. 이따가 할게."

엄마의 약간 걱정스러운 표정에 나는 손을 흔들어 보인다. 수첩엔 할머니가 그동안 조사했던 모든 것들이 적혀 있다. 그걸 못 찾으면 범인을 찾는 건 물거품이 될지도 모른다. 할머니도 기억력이 좋지 않고 나도 모든 것을 기억하지는 못한다. 기억을 잃어가는 할머니가 아기를 죽인 범인을 쫓던 것마저 기억하지 못하면 내가 일일이 설명해 줘야 하는 걸까? 알려 준다고 해도 할머니가 받아들일 수 있을까?

아까처럼 '넌 누구냐?'고 말해 버리면? 어떻게든 그 수첩을 되찾아야 한다.

"이봐, 쉿, 쉿."

마을 입구를 지나가는데 입구 바깥쪽에서 누군가 소리를 낸다. 걸음을 잠시 멈추고 보니 화토리 할머니들이다. 할머니가 경비실 눈치를 보더니 마침 경비실에 사람이 없는 걸 확인하고 화토리 할머니들에게 다가간다.

"뭐요?"

"우리 쩌그 슈퍼 안에 좀 들여보내 주면 안 될까? 살 게 좀 있어서 말여."

"싫은데?"

할머니가 가차 없이 돌아선다. 할머니에게는 딱히 흥미를 끄는 요소가 있는 것도 아니고 귀찮기만 한 일인 모양이다. 그리고 우리에게는 할 일이 있다. 우리가 돌아서는 순간 할머니가 누군가와 어깨를 부딪힌다.

"아, 죄송⋯⋯."

"어. 그 누나다."

오늘도 교복을 입은 중학생 누나가 해쓱한 얼굴을 하고 있다. 내가 손가락으로 가리키니 누나는 소스라치듯 몸을 떤다. 그때 누나가 손에 쥐고 있던 뭔가가 바닥에 떨어진다.

"내 수첩."

할머니가 바닥을 보며 마치 남의 일을 보듯이 중얼거린다. 거기서 그런 물건이 나올 줄은 상상도 못해서 할머니도 나도 순간 넋을 놓는다. 그 사이 중학생 누나가 재빨리 수첩을 주워 들고 달아난다. 미처 붙잡을 새도 없다. 뒤늦게 쫓아가려는 나를 할머니가 붙잡는다.

"어차피 못 잡는다. 기다려야 돼."

"밖에서 기다리면 되겠구먼. 딱 됐네."

화토리 할머니들 중 하나가 말한다. 할머니가 잠시 생각해 보더니 고개를 끄덕인다.

"진짜로요?"

"저 이 말이 맞아. 어차피 마을 입구는 여기 하나뿐이고, 쟤가 저걸 가져간 걸 보면 절대 우리 가까이로 안 오려고 할 거다. 그렇다고 마을 안에서 불러내기엔 원장 눈이 있어서 껄끄러워. 자기 딸이 주민 물건을 훔쳐갔다고 하면 쟨 아마 죽도록 얻어맞을 거다. 난 쟤가 뭘 알고 있는지 물어보고 싶은 거지 쟤가 처벌받길 원하는 게 아냐. 마을 앞에서 기다려 보자."

"저녁 다 돼 가. 후딱 갔다 올게. 옷 벗어 봐."

우리끼리 정신이 없는 사이 화토리 할머니가 말을 걸었다.

"옷을 벗으라고?"

"아, 그럼. 옷을 벗어야지. 카드도 주고. 그래야 마트를 갔다 올 거 아냐."

화토리 할머니들의 요구를 안 들어주면 마을 앞에서 기다리는 동안 계속 우릴 괴롭힐 게 분명하다. 할머니 생각도 그랬는지 할머니는 툴툴 대면서 살짝 입구 밖으로 나간다. 아직 경비실엔 아무도 없는 듯하다. 입구에 세워진 은행나무 밑에서 할머니들이 옷을 바꿔 입는다. 다른 화토리 할머니들이 옷 갈아입는 둘을 몸으로 가려 준다.

"차 타고 나가면 천지에 깔린 게 마트고 시장인데 뭐 하러 여기에 그렇게 집착을 하는 거야?"

레모네이드 할머니가 묻자 옷을 갈아입던 할머니가 피식 웃는다.

"집착은 무슨. 우리도 할일 다 하고 슬렁슬렁 마실 나오는 겨. 마트야 많지만 저 슈퍼에서만 파는 과자가 있는데 그게 먹고 싶어서 그래."

"그리고 말여, 저놈의 경비가 하는 짓이 괘씸하더라고. 한번 곯려 줄라고 그러지."

화토리 할머니들이 하는 말을 듣던 레모네이드 할머니가 어깨를 으쓱한다.

레모네이드 할머니의 안경, 지팡이까지 모두 화토리 할머니가 가져간다. 옷이 바뀌니 같은 할머니지만 뭔가 다른 사람 같아 보였다. 서 있는 내 손을 화토리 할머니가 잡아끈다.

"저는 왜요?"

"네가 핵심이야. 맨날 붙어 다녔는데 네가 없으면 사람들이 의심할 거다. 다녀와."

레모네이드 할머니가 내 등을 살짝 민다. 같이 다니던 레모네이드 할머니도 옷을 바꿔 입으니 어색하고, 내가 아는 익숙한 옷을 입은 화토리 할머니는 내가 아는 그 할머니가 아니기에 어색하다. 키도 비슷하고 백발에 파마한 것까지는 똑같아서 누가 누군지 어둠 속에서는 구분하기 힘들다. 지팡이를 든 화토리 할머니를 따라서 마을 안으로 다시 들어간다.

"아들, 밥 먹으러 안 가?"

입구를 지나서 영화관 앞을 지나는데 엄마가 말을 건다. 나는 마치 감전된 듯 화들짝 놀란다. 아마 펄쩍 뛰었던 것도 같다.

"갑자기 왜 그렇게 놀라고 그래? 무슨 일 있어?"

"아니. 갑자기 소리가 나서 그래……. 할머니 빨리 가요."

내가 화토리 할머니의 손을 잡아끌자 할머니가 발걸음을

옮긴다. 엄마의 시선이 끈질기게 우리 뒤를 따라붙는다.

"밥은 제때 먹어라!"

"응!"

엄마가 외치는 소리를 뒤로하고 마트 안으로 몸을 숨긴다. 저녁 시간이라 그런지 마트는 한산하다. 어둠속이라 얼굴도 잘 안 보였을 텐데 엄마는 왜 화토리 할머니를 의심했을까?

"아, 그거구나."

열심히 과자를 골라 품에 안는 화토리 할머니에게 장바구니를 가져다준다.

"할머니. 지팡이 짚으세요."

"왜?"

"우리 할머니는 다리가 아파서 항상 지팡이를 짚고 다닌단 말예요. 지팡이 짚는 또각또각 소리가 안 나서 우리 엄마가 의심한 거라구요."

화토리 할머니가 마음에 안 든다는 듯 "에잉" 소리를 내더니 어색하게나마 지팡이를 짚었다.

"아이구. 할머님. 오늘은 이 과자 싹쓸이 해 가시네요. 잔치 하세요?"

"아, 그게 아니고……."

할머니의 옷과 나를 보고는 심상히 바코드를 찍는 직원 아저씨가 묻는 소리에 화토리 할머니가 대답하려 하기에 옷소매를 세게 당긴다. 말하면 들통난다. 레모네이드 할머니는 직원들의 물음에 일일이 대답하지 않는다.

다행히 화토리 할머니가 무슨 뜻인지 알았다는 듯 입을 다문다. 직원 아저씨가 봉투에 산더미 같은 과자를 담아주자 할머니가 카드를 쓱 내민다. 옆모습을 잠시 쳐다보는 것 같던 직원 아저씨가 별 이상한 점을 못 느꼈는지 주민카드로 계산하고는 카드를 돌려준다.

마트 입구에서 좌우를 둘러보고 길에 아무도 없는지 확인하고는 화토리 할머니 손을 잡아끈다.

"야, 천천히 좀 걸어."

지팡이 짚는 게 어색해서 억지로 또각또각 소리를 내면서 걷느라 화토리 할머니의 폼이 이상하다. 마치 세 발로 걷는 것 같다.

다행히 마트가 입구에서 멀지 않아 눈에 띄지 않고 지나갈 수 있다. 경비실에서 입구 쪽으로 난 창을 보니 경비 아저씨가 돌아와 있다.

"할머니 어디 가세요?"

역시나 창문을 열고 경비 아저씨가 묻는다.

"바, 바 밖에 좀⋯⋯"

몇 번 경비 아저씨와 실랑이를 했던 탓인지 화토리 할머니가 말을 더듬는다. 아마 경비 아저씨가 이미 눈치 챘다고 생각하는 것 같다.

"앞에 비서 누나가 와서 만나러 가신대요."

내가 재빨리 말을 가로챈다.

"그래? 그럼 들어오라고 하지 왜⋯⋯"

"급하신가 봐요. 근데 아까는 어디 가셨었어요? 아까 할머니랑 같이 왔었는데 아저씨 안 계시던데요. 할머니가 화 많이 나셨어요."

화토리 할머니는 얼굴을 정면으로 보여 주면 들킬까 봐 애써 얼굴을 옆으로 돌리고 있다.

경비 아저씨가 당황한 틈을 이용해 내가 더 말을 붙인다.

"경비 아저씨한테 물어볼 거 있다고 하셨으니까 잠깐 기다리세요."

내가 당돌하게 굴자 경비 아저씨도 더 말하지 못한다. 아마 할머니가 얼마나 집요하고 귀찮게 구는지 그동안 겪어 봤기 때문일 거다. 할머니가 마을 안에서 힘이 있기 때문에 함부로 할 수도 없다.

경비 아저씨가 멍하니 있는 틈을 타 화토리 할머니를 잡아끈다. 할머니가 지팡이를 짚느라 비틀대는 걸음으로 나를 따라온다.

"아휴, 올라올 것 같네."

화토리 할머니가 안경을 벗고 중얼거린다. 도수가 맞지 않는 안경을 썼으니 마트까지 오가는 내내 불편했을 것이다.

"왜 아무도 없어?"

모두가 기다리고 있어야 할 은행나무 아래에는 아무도 없다. 화토리 할머니가 목을 빼 두리번거린다. 이미 어두워져서 가로등도 없는 마을 주변이 잘 보이지 않는다.

"왔어?"

"잘 챙겨 왔어?"

오른쪽에서 몸뻬 바지를 추켜올리며 화토리 할머니 둘이 다가온다.

"우리 할머니는요?"

내가 묻자 과자가 든 봉지를 확인하던 할머니들이 고개를 든다.

"그러고 보니."

"어디 간 겨?"

"이상허다. 우리가 잠깐 풀밭에 오줌 누고 온다고 기다리라고 했는디 고새 사라졌구만."

"정말이에요?"

손목에 찬 핸드폰으로 레모네이드 할머니에게 급히 전화를 건다. 할머니는 받지 않는다. 어쩌면 아까처럼 온전하지 못한 정신으로 돌아다니고 있는지도 모른다.

"지팡이랑 안경 주세요."

화토리 할머니에게서 지팡이를 빼앗듯이 받아들고 안경을 목에 건 뒤 어둠 속으로 나선다.

"야, 쬐깐한 게 이 밤에 어딜 간다구 그러냐. 돌아와!"

"나는 이 옷 입고 집에 가야 되는겨?"

"허, 참⋯⋯."

화토리 할머니들이 붙잡을까 봐 잽싸게 달려나간다. 큰 도로 쪽으로 빠른 걸음으로 걸어 나가며 핸드폰으로 위치 추적 앱을 켠다. 아까 할머니가 자기 핸드폰을 맡겼을 때 위치 추적 앱을 깔아 놓길 잘했다. 혹시나 싶어 한 거였지만 이렇게 빨리 쓰게 될 줄은 몰랐다. 엄마가 내 핸드폰을 위치 추적 하는 걸 본 터라 어렵지도 않다.

지도의 빨간 점이 꾸준히 움직이고 있다. 어리다는 게 분하다. 경비 아저씨처럼 몸이 컸으면 금세 할머니를 따라잡을 수 있었을 텐데. 할머니는 마치 달려가는 것처럼 빠르게 나와 멀어지고 있다. 내 짧은 다리로 아무리 달려도 간격은

좁혀지지 않고 겨우 일정한 거리에서 뒤쫓아 가기만 했다. 그나마 다행인 건 할머니가 도로가로 걷고 있다는 것이다. 산으로 갔으면 진짜 못 찾았을 테니까.

걸으면 걸을수록 밤이 깊어진다. 가로등도 없는 도로에서 걷고 있자니 내가 길을 걷는 건지 무중력 상태인지도 구분이 안 될 지경이다. 핸드폰의 플래시 기능을 켜니 그나마 살 만하다.

문득 배가 고프다. 아직도 저녁을 못 먹었다. 할머니도 마찬가지일 텐데. 할머니는 아까 나처럼 과자를 먹은 것도 아니니까. 산이 옆에 있는 도로라 밤새 소리가 들린다. 이런 길은 엄마와도 걸어 본 적이 없다. 집에서 창문을 통해 들을 때는 부드럽게 들리던 새소리가 어째서 혼자 걷고 있을 땐 이렇게 오싹하게 들리는지 모를 일이다. 낮엔 청량하게 느껴지던 숲도 밤이 되니 나무들이 축축한 입김을 내뱉는 것 같이 느껴진다.

풀이 바람에 스치는 소리만 나도 멧돼지 같은 산짐승일까 봐 몸이 절로 움츠러든다. 할머니도 나처럼 무서울까? 얼마나 걸었는지, 여기가 어디쯤인지도 모르겠다. 발바닥이 점점 아파오기 시작한다. 지팡이도 무거워서 질질 끌고 가고 있다. 차도 별로 다니지 않는다. 차라리 누군가 발견해

216

주면 할머니랑 나를 도와줄 수 있을 텐데. 엄마 생각이 난다. 엄마랑 다시 만날 수 있을까 생각이 드니 갑자기 무서워진다.

"아얏!"

정신을 집중하지 못하고 걷다가 돌부리에 채여 넘어진다. 반바지 아래로 무릎에 피가 난다. 어쩐지 눈물이 날 것 같다. 집에서 아빠한테 맞아도 유치원에서 애들한테 맞아도 울어 본 적이 없었는데. 엄마를 못 만날 수도 있다고 생각하니 서럽다. 나도 어쩔 수 없는 어린애인가 보다. 위치 추적기를 켠 데다 플래시까지 켜서 그런지 설상가상으로 핸드폰이 꺼져 버린다. 너무 무서워서 길을 걸어가는데 계속 눈물이 난다.

꺼이꺼이 울면서 걸어가다 보니 멀리 불빛이 보인다. 순간 헛것을 보는 건가 했지만 눈물을 닦고 보니 분명한 불빛이다. 깜박이는 가로등 불빛이 벽돌로 만든 작은 옛날 버스 정류장을 비추고 그 안에 레모네이드 할머니가 앉아 있다.

"할머니!"

금방이라도 쓰러질 듯 벤치에 앉아 있는 레모네이드 할머니에게 달려가자 할머니가 일그러진 얼굴을 하고서 나를 쳐다본다.

"너구나."

아무렇지 않은 듯 평소처럼 말은 하지만 할머니의 이마에서 식은땀이 흘러내리고 있다. 주머니에서 손수건을 꺼내 할머니의 이마를 닦아 준다.

"할머니, 아파요?"

"몸이 좀 안 좋다. 내가 어쩌다 여기까지 왔지? 내 옷은 어디 간 거야?"

"일단 좀 누우세요."

할머니를 조심스럽게 벤치에 눕히고 주머니를 뒤져 핸드폰을 찾아낸다. 멍청해 보이는 내 얼굴이 화면 가득 떠 있다. 손가락을 대 잠금을 해제하고 119에 전화를 걸려고 하는데 핸드폰이 꺼져 버린다. 할머니의 핸드폰도 배터리가 다 된 모양이다. 망했다. 절망스럽다. 레모네이드 할머니가 아프다. 누구에게든 도움을 청해야 하지만 아픈 할머니를 두고 자리를 비울 수가 없다. 버스 정류장이니까 곧 버스가 올지도 몰라. 하지만 꽤 오래전부터 버스가 다니지 않은 듯 버스 정류장은 낡았고 가로등마저 간간이 깜박댄다.

"됐다. 울지 마라."

할머니가 하얗게 질린 얼굴로 내게 말한다. 어느새 또 울고 있었는지 할머니가 주름진 손으로 내 얼굴을 닦아 준다.

메마른 손바닥이 까슬하게 느껴진다. 할머니가 내 목에 걸린 자기 안경을 벗겨내어 쓴다.

"지팡이 좀 다오."

할머니에게 지팡이를 건네주자 할머니가 지팡이 윗부분을 뽑는다. 자연스럽게 옷을 더듬던 손이 멈춘다.

"아, 내 옷 안에 있지. 쇼핑백도 거기 있고⋯⋯ 참 나, 꼭 필요할 땐 없다니까⋯⋯."

어지간히 아픈 모양인지 할머니의 손이 덜덜 떨린다.

"할머니, 많이 아파요? 뭘 해 드릴까요?"

"걱정 마라. 호들갑 떨지 마. 더 정신없어. 곧 사람들이 올 거다."

내가 걱정하는 게 안쓰러워 보이는지 할머니가 신음 소리를 내며 몸을 일으켰다. 말은 냉정하게 하면서도 내 손을 잡아끌어 자기 옆에 앉힌다. 내가 추위에 몸을 떨고 있는 걸 할머니도 알았나 보다. 할머니의 온기가 옆에 와 닿으니 훨씬 따뜻하다. 할머니가 팔을 뻗어 내 어깨를 감싸 안는다.

"겁에 질려 있지 말고 평소처럼 맹랑하게 굴어. 그게 너답고 좋아."

"할머니, 괜찮아요? 죽는 거 아니죠?"

할머니가 내 말에 킥킥거린다.

"안 죽는다. 안 죽어."

내가 계속 걱정스러운 눈으로 올려다보자 할머니가 말을 돌린다.

"심심하니 사람들이 올 때까지 얘기나 좀 하자. 우리가 하던 거."

"범인 찾기 말예요? 수첩도 없잖아요."

"수첩은 없어도 돼. 너 아까 주운 쪽지 좀 줘 봐."

"여기요."

나는 주머니에서 구겨진 종이를 꺼낸다. 흙먼지에서 뒹굴 다 온 쪽지라 여기저기 더러워져 있다. 할머니가 덜덜 떨리 는 손으로 조심스럽게 쪽지를 펴 글자를 읽는다.

"역시 살벌하군. 그런데 이거…… 그 쪽지랑 글씨체가 똑 같지 않냐?"

가늘게 뜬 눈으로 종이를 바라보던 할머니가 내게 다시 종이를 건넨다.

"네? 뭐랑요?"

"그 빨간 리본 한 여자애가 우리한테 전해 준 쪽지랑 글 씨체가 똑같다구."

할머니의 말을 듣고 다시 쪽지를 찬찬히 살핀다. 처음에 주웠을 땐 내용 자체에 마음이 뺏겨 글씨체 생각을 하지 못했는데 다시 들여다보니 정말 그렇다. 이상하게 웃던 아저씨가 전해 줬다는 쪽지랑 글씨체가 똑같다.

"아무래도 우리의 궁금증은 그 여자애가 해결해 줄 것 같구나."

레모네이드 할머니가 말을 채 끝맺기도 전에 몸을 돌려 크게 기침을 한다. 몸을 뒤흔드는 기침이다. 잘못하다간 내장이 뽑혀 올라올 것만 같다.

할머니가 죽을까 봐 겁이 난다. 할머니의 손바닥에 핏덩어리가 묻어 나온다. 할머니가 힘이 빠지는지 벽을 짚고 이마를 기대다가 퍼뜩 내 눈치를 보며 손을 털고 핏자국을 몸뻬 바지에 문질러 닦는다.

할머니의 시간이 얼마 안 남았구나. 순간 직감한다. 벽에 묻은 손바닥 모양의 핏자국만큼이나 분명한 사실이다. 최대한 할머니의 정신을 몸의 고통이 아닌 다른 곳으로 돌려야 한다.

"그 누나는 왜 우리한테 그 말을 했을까요?"

"그러게나 말이다. 아버지는 이상한 장부나 쓰고 있고 누굴 그렇게 죽이고 싶을 정도로 미워하고. 아버지가 이상한 장부를 쓰고 있는 걸 왜 알리고 싶었을까?"

"아버지가 미웠나 봐요."

"부모는 자식 인생에 별로 도움이 안 돼. 자기가 하는 일이 다 자식을 위해서 하는 거라고 말은 하지만 자신을 위한 거짓말이거나 실제로 도움이 안 되는 경우가 허다하지."

"할머니는 어땠어요?"

"나?"

할머니가 또 킬킬대며 웃는다. 입가에 말라붙은 핏자국이 선명하다. 킬킬대는 웃음소리가 평소처럼 물기 있는 게 아니라 메마른 몸속에서 나오는 바람 소리가 섞여 있어서 더 불안하다.

"난 둘 다였지. 아닌가. 뭐, 곧 만나서 따져보면 알게 되겠지. 아니야. 죽어서도 서로 안 만나는 게 좋을지 몰라. 나 같은 성질 더러운 자식을 만나봐야 부모도 좋을 게 없잖냐. 죽었으면 그때라도 서로 편안해져야지."

"흐억" 소리와 함께 할머니의 가슴이 들썩인다. 무슨 말이라도 해서 할머니의 고통을 덜어 주고 싶다. 관심을 돌리기 위해 나는 아무 말이나 지껄인다.

"우리 아빠 날 위해 해 준 게 없어요. 늘 자기 자신만을 생각하는 사람이었죠. 그래서 엄마도 나도 때린 거예요. 그런 것도 부모예요? 아빠도 날 때린 걸 날 위해서라고 생각할까요?"

　내 말을 들은 할머니는 말이 없다. 할머니가 무슨 생각을 하는지 궁금하다. 말을 잘못한 걸까? 역시 남한테 내 얘길 하는 건 질색이다.

　"네 아빠가 너랑 네 엄마한테 무슨 짓을 했던 그건 네 잘못이 아니다. 넌 그것만 알고 있으면 돼."

　할머니가 또 기침을 한다. 기침이 잦아드는가 싶더니 갑자기 할머니가 허공을 바라보며 손가락질을 한다. 어둠 속에서 누군가 찾아오기라도 하는 듯이. 할머니는 최대한 뒤로 엉덩이를 빼지만 하얀 칠을 한 시멘트벽에 막혀 도망가지 못한다.

　"싫어. 당신들을 죽인 건 내가 아니란 말야. 엄마, 엄마!"

　"할머니! 할머니!"

　어디서 그런 힘이 나오는지 할머니는 내 팔도 뿌리치고 벽을 쾅쾅 내리친다. 그렇게 하면 눈에 보이지 않는 뭔가가 자신에게서 멀어지기라도 한다는 듯이. 나는 할머니를 지켜보는 수밖에 없다. 할머니가 겁에 질려 한참을 아기같이 울더니 다시 정신이 돌아왔는지 나를 쳐다본다. 할머니의 뿌연 눈은 점점 빛을 잃어가고 있다.

　"내가 널 때렸냐?"

나는 말없이 고개를 젓는다. 할머니는 자신이 통제력을 잃어가는 게 두려운 것 같아 보인다.

"걱정 마라. 곧 끝날 거다."

할머니는 이젠 혼자 힘으로 앉아 있는 것도 버거운지 등 뒤의 벽에 몸을 기댄다. 벽이 차가울 텐데. 할머니는 끝까지 내 어깨를 붙잡은 손을 놓지 않는다. 말을 멈추면 할머니가 죽을 것 같은 생각이 들어 나는 계속 할머니에게 말을 시킨다.

"할머니, 막대기니 뭐니 하는 게 뭘까요? 그 장부에 쓰여 있던 거요."

"그거…… 마약이다."

"네?"

"맞으면 사람 정신 못 차리게 하는 거. 사람들을 중독 시켜서 그거 없인 살 수 없게 하는 거. 돈 있는 놈들이 빠지기 쉬운 놀이지. 원장은 약장수야. 사람들에게 그걸 팔아 왔던 거야. 흰 비둘기…… 그래. 그거야!"

할머니는 이제 다른 세상에 가 있는 듯 알 수 없는 소리를 한다. 할머니의 눈이 그 어느 때보다도 반짝거리며 빛나고 있다. 그런 할머니가 무서우면서도 아직 할머니가 숨 쉬고 있다는 것이 감사하다. 하지만 그건 불이 꺼지기 전의

224

잠깐의 타오름이다. 이제 할머니는 내가 옆에 있다는 것도 잊고 마구 떠들기 시작한다.

"원장은 흰 비둘기로 배달을 보내서 마약 장사를 하고 있는 거다. 킬킬킬. 그 여우 같은 작자가 그걸로 약장사를 하고 있는 줄 누가 알았겠어. 새를 보내니 흔적이 남을 일도 없고 누가 신경이나 쓰겠냐. 하하핫! 이제야 모든 게 연결이 되는군……. 죽어 나간 노인들도 말야……."

할머니가 다시 크게 기침을 한다. 숨소리가 가늘어진다. 내가 말을 건다 해도 할머니가 들을 수 있을 것 같지가 않다.

"내가 죽어도 날 그리워하지 마라. 난 나쁜 놈이야. 사람들에게서 집을 뺏고 그걸로 돈을 벌었어. 돈이 나를 지켜줄 수 있을 줄 알았어. 하지만 돈이 내 생활을 지켜줄 수는 있어도 나를 구원할 수는 없어……. 주사기를 훔쳐 간 건 나라고 네 엄마에게 전해라. 말기 암 통증 때문에 어쩔 수 없었어. 나 때문에 쫓겨나간 그 젊은이에게 보상을 해 주라고 윤 비서에게 말은 해 놓았다만 그게 충분할지는 모르겠구나. 아무리 돈으로 보상을 해 준다 해도 그 사람이 받은 상처는 어쩔 수 없을 테니까……."

할머니가 조용히 읊조린다. 숨이 차는지 말을 멈추고 쉭쉭 거리는 바람 소리를 내며 숨을 몰아쉰다.

"할머니. 살아야 해요. 살아서 그 형에게 용서를 구해요."

"용서……."

할머니가 작게 중얼거리며 킥킥 웃는다.

"뭐라고 용서를 구할까? 늙은이가 노망이 나서 그런 짓을 저질렀다고? 늙었다고 모든 걸 용서받을 수 있을 거라 생각하다니. 그것보다 어린 생각이 어디 있을까……."

"할머니……."

"그 여자애를 설득해라. 내가 할 수 있는 일은 이제 없어."

"할머니……."

할머니가 자신의 꺼진 핸드폰을 내 손에 쥐어 준다. 할머니가 나를 보며 웃는다. 이젠 할일을 다 했다는 듯 편안한 미소다.

"어떻게 여는지는 알지? 필요한 건 여기에 다 있어."

할머니가 두 팔로 나를 감싸 안고 손깍지를 낀다. 할머니의 품은 서늘하지만 약간의 온기가 남아 있다.

"추울 거야……."

할머니가 잠을 자듯 머리를 벽에 기대고 눈을 감는다. 할머니의 포옹이 느슨해지는 것이 느껴진다. 더 이상 할머니의 가슴이 오르락내리락하지 않는다. 할머니가 나를 안은 채로 서서히 굳어간다. 숨소리가 들리지 않는다. 별안간 할머니의 팔찌가 빨간 불빛을 내며 반짝인다. 할머니의 심장은 더 이상 뛰지 않는데 팔찌만 반짝거린다.

멀리서 사이렌 소리가 들려온다. 너무 멀고, 멀다.

9 Problem

뭘 어쩌겠다는 생각은 한 번도 해본 적 없었다. 내가 뭘 어쩔 수 있다는 생각조차 해본 적 없었다. 나는 힘도 없고 그저 어른들이 하는 대로 끌려다니는 소일 뿐이니까. 학교에 서는 자고 학원에 가면 새벽 1시까지 억지로 눈 뜨고 수업을 들었다. 그리고 집에 돌아오면 게임을 하거나 잠을 잤다.

만나는 애들도 다 거기서 거기였다. 똑같은 얼굴들이 학교에서도, 학원에서도, 저녁을 먹으러 들어간 패스트푸드점에서도 반복되었다. 때로는 집에 돌아가서 게임 속에서 만나기도 했다. 학교 성적만 잘 나오면 부모님은 딱히 신경 쓰지 않았다. 내년에 국제고만 들어가면, 그리고 다음엔 대학만 잘 들어가면, 부모님은 계속 그럴 것이다. 돈을 대주고 내게는 묻지 않을 것이다. 아무것도. 경찰서 갈 일만 없으면 되었다. 많은 애들이 담배를 피우고 가끔 술에도 손댄다는 것을 부모님들도 알고 있었다. 그래도 성적만 좋게 나오면, 그들이 그러던 것처럼 남보다 위에 올라서기만 하면 다른 것은 아무 문제없었다.

노 프라블럼. 엄마는 이 말을 가장 좋아했다. 노 프라블럼. 아버지가 바람을 피워도, 동생이 누군가를 때리고 들어와도, 엄마 자신이 알콜 중독에 빠져도 엄마는 노 프라블럼, 한마디로 모든 것을 이겨냈다. 모든 것이 문제투성이였는데도. 노 프라블럼 한마디에 모든 것을 지워 버리고 자신이 '노 프라블럼' 한 세상 안에 있다고 믿고 싶어 했다.

엄마가 '노 프라블럼'이라고 외칠 때마다 나는 그게 꼭 풍선껌 이름 같다고 생각했다. 엄마의 '노 프라블럼'도 처음엔 단물이 나와서 달고 맛있었지만 점점 질겨져서 턱이 아팠을 것이다. 불면 불수록 풍선도 작아지고 금방 터지게 되어 버렸을 것이다. 처음에 향기롭던 그 모습은 어디 가고 입속에서 음식물찌꺼기와 함께 으깨져 뱉지도 삼키지도 못하는 상태로 머물러야 했을 것이다.

나는 엄마의 '노 프라블럼'이었다. 아빠도, 남동생도 시부모도 아무것도 자기 맘대로 되는 것은 없었지만 나는 엄마가 원하는 대로 학원에도 다니고 누굴 때려서 학교에 불려가게 하지도 않았으니까. 내가 지금 어떤 상태인지 엄마와 얘기만 하지 않으면 되었다. 감추기만 하면 모든 것이 '노 프라블럼'이 될 수 있었다.

내가 이 얘길 왜 하냐면, 더 이상 내가 '노 프라블럼'이 아니기 때문이다. 나는 이제 '프라블럼'이 되었다. 말 그대로 문제 자체였다.

때는 중학교 2학년 기말고사였다. 기말고사가 끝나고 나는 같은 학원을 다니던 애들과 함께 술 파티를 벌였다. 몇몇 애들이 모텔방을 잡고 다른 애들은 술과 편의점 음식을 가져갔다. 모여서 노래방에 갔다가 신나게 소리를 지르고 고기집에 가서 고기를 구워 먹고 모텔방에 가서는 술을 마셨다. 익숙한 얼굴들이었다. 같은 학교, 같은 학원, 같은 아파트 단지에 살면서 할머니 할아버지들의 양로원도 같아서 주말까지 얼굴을 보는 경우도 허다했다. 술 게임을 하다 술에 취하니 하나둘씩 곯아떨어졌다. 그때 은환이 녀석이 무언가를 꺼냈다.

"이건 뭐야?"

"어른들이 먹는 과자."

녀석이 그 말을 하면서 킥킥 웃었다. 뭔가 위험한 느낌이 들었다. 녀석의 손바닥에 든 랩에 싸인 하얀 가루는 어딘가 낯이 익었다. 아빠의 책상 서랍에서 보던 것들이었다. 때로는 엄마의 침대 옆 협탁에 올려져 있기도 했다.

때로 아빠가 양로원의 비둘기 다리에 포장한 가루들을 묶어 날리기도 한다는 것이 기억났다. 아빠가 종종 회계 정리를 나에게 맡기곤 했기 때문에 그게 뭔지는 금방 알 수 있었다.

술이 취해 앞뒤 천지 분간이 안 가는 녀석, 호기심이 발동한 녀석, 알면서도 먹는 녀석들 등등이 손을 내밀어서 은환이 손에 있던 가루는 금방 동이 났다. 나는 알딸딸한 정신이었지만 손을 벌리지 않았다.

애들이 술과 함께 가루를 코로 흡입했다. 약 기운이 돌기 시작하자 헛소리를 하면서 침을 흘리는 녀석들도 있었고 소리를 지르며 방안을 뛰어다니는 녀석도 있었다. 마치 사람이 아니라 원숭이가 된 것만 같았다. 소파에 몸을 기대고 담배를 피우면서 몽롱한 기분으로 애들의 모습을 지켜보고 있는데 태준이가 다가왔다. 녀석도 약에 취했는지 눈빛이 검었다.

"너 섹스할 줄 알아?"

녀석이 내게 귓속말을 하고는 뭐가 그렇게 재미있는지 혼자 웃어댔다. 섹스라……. 애들이 보는 야동을 집에서 몇 번 본 적은 있었다. 성교육 시간에 틀어 주는 영상에서는 보여 주지 않는 것들이 거기 들어 있었다. 사람이 하는 게 맞는 건가 싶을 정도의 서커스 묘기 같은 것들도 있었다.

"나랑 섹스 할래?"

호기심이 생겼다. 태준이는 평소에 보는 또래 남자애들 중에서 그래도 잘생긴 편이었고 나도 어른들의 세계라 여겨지는 그것이 궁금했다. 술에 취해 몽롱한 정신으로 나는 고개를 끄덕였다.

"콘돔은 있어?"

내가 묻자 태준이는 고개를 저었다.

"너는?"

나도 고개를 저었다. 나라고 있을 턱이 없었다. 어린애들이 술, 담배는 구하기 쉬워도 콘돔은 구하기 어려운 게 우리나라였다. 하긴 오죽할까, 저녁 식탁에서 TV에 예쁜 여자들이 하는 피임약 광고만 나와도 얼굴을 찌푸리고 채널을 돌리는 게 부모님들인데. 아빠는 뉴스에서 청소년들에게 콘돔 지급해야 한다는 말이 나오자 애들한테 섹스하라고 광고하냐는 거냐며 화를 냈다.

"그냥 하자."

태준이가 내 손을 잡아끌었다. 애들이 있는 거실을 지나 안쪽의 방으로 향했다. 먼저 숨어들어 술에 취해 키스하고 있는 애들을 몰아내고 구석에 자리 잡았다.

"이거 먹어."

태준이가 아까의 가루를 손등에 묻혀 내밀었다. 녀석의

손등에 코를 갖다 대고 숨을 들이키자 곧 머리가 어지러워졌다. 하지만 거실을 뛰어다니는 애들처럼 기분이 좋아지는 게 아니라 온몸이 흐늘흐늘해지는 느낌이었다. 태준이가 내 몸을 더듬었지만 어디를 더듬고 있는 건지도 모를 정도로 감각이 이상해졌다. 녀석이 발을 만지면 등에 감각이 느껴졌고 등을 만지면 팔을 만지는 것 같았다. 마치 내가 한 마리의 거대한 아메바가 된 것 같았다. 그렇게 뭐가 뭔지도 모르는 상태에서 첫 섹스가 끝났다.

일이 끝나고는 쓰러져 자다가 술과 약이 깨자 바로 짐을 챙겨서 집으로 돌아왔다. 그때 일어난 일들은 모두 억지로 잊었다. 술도 담배도 마약도 싫어졌다. 섹스도 해 보니 별거 없는 그냥 신체의 접촉일 뿐이었다. 그것도 끝나고 나면 끔찍한 두통을 몰고 오는.

문제는 중학교 3학년으로 올라가면서 생겼다. 생리가 끊긴 것이다. 원래도 늦은 취침 시간과 엉망진창인 생활습관 때문에 생리불순이었다. 불규칙한 생리라도 2달에 1번은 꼭 하는 편이었는데 그마저도 보이질 않았다. 그리고 급격히 늘어난 식욕이 나의 불안감을 더 부추겼다. 조금씩 찌기 시작하는 살을 보고 남동생과 아빠가 돼지라며 놀리고 엄마는 여자애가 왜 그 모양으로 살이 찌냐며 걱정하기 시작했다.

무서웠다. 배가 조금씩 부풀고 있었다. 아닐 거야. 마트와 약국에 놓여 있는 임신 테스트기를 바라보다 매번 뒤돌아서면서 그 생각을 했다. 나는 아닐 거야. 배가 튀어나오는 건 그냥 요즘 폭식해서 그런 거야. 내년에 들어갈 외고 준비 때문에 스트레스가 심해서 생리를 안 하는 거야. 나는 문제없어. 나도 모르게 어느새 엄마처럼 '노 프라블럼'을 중얼거리고 있었다. 마치 그 말이 모든 불행을 막아 주기라도 할 듯이.

'낙태'라는 글자가 계속 머릿속을 돌아다녔다. 아직 임신인지 아닌지도 모르는데. 걱정은 되는데 어디 말할 데는 없고 해서 인터넷의 익명 커뮤니티에 글을 썼다. 물론 나라는 걸 들키지 않기 위해 엄마의 아이디를 쓰고 신상도 쓰지 않았다. 내가 올린 글 아래에는 다양한 댓글이 달렸다. 병원에 가 봐라, 남자는 어디 갔냐…… 생명은 소중하니 낙태하지 말라고 말하는 사람들도 있었지만 정작 어떻게 살아가야 하는지는 알려 주지 않았다.

튀어나오는 배는 붕대로 감싸 가리고 학교에서든 학원에서든 아이들을 피했다. 집에 오면 아프다는 핑계로 밥도 먹지 않고 방에 틀어박혀 있다가 미리 사다 놓은 편의점 김

밥 같은 걸 우걱우걱 먹어 댔다.

그런 나라도 피할 수 없는 가족 행사가 있었는데 시험이 없는 한 2주에 한 번씩 아빠가 운영하는 양로원에 한나절은 있다 와야 했다. 거기 가면 아는 애들을 마주칠 게 뻔해서 엄마한테 안 가면 안 되냐고 울면서 매달렸지만 엄마는 끄떡도 안 했다. 집에 오면 소리나 지르고 툭하면 바람이나 피우는 아빠가 대체 뭐가 좋은지 알 수 없는 노릇이었지만 엄마가 가야 한다면 가야 하는 거였다. 엄마가 멘 명품 백에 달린 오리 모양 키링이 반짝거렸다. 그래, 저것 때문에 엄마는 양로원에 가야 했다. 양로원 이름으로 하는 치매 노인 돕기 바자회가 있었는데 거기에 얼굴을 안 내비치면 체면이 안 선다는 거였다.

차를 타고 양로원에 도착해서는 아빠에게 얼굴만 내비치고 공원 구석의 벤치에 가서 앉아 있었다. 처음에는 오기 싫었는데 막상 오고 나니 마음이 편했다. 바깥과 이 마을은 완전히 다른 공간이었다. 모든 게 느렸다. 사람들의 걸음걸이도 느리고 시간에 맞춰 뭔가를 꼭 할 필요도 없었다. 아는 얼굴들만 안 만난다면 정말 좋은 곳이었다.

하지만 돈 많은 할아버지 할머니들만 오는 곳이라 대부분이 한두 다리 건너면 다 아는 사이였다. 그래도 적어도 할아버지 할머니들은 치매에 걸려 기억을 못하니까. 그들 옆에만 있으면 되지 않을까 생각했다. 자식들에게 이미 단물이 다 빨린 노인들만 여기 모여 있었다. 내가 임신했다는 걸 엄마가 알게 되면 나도 단물 빠진 껌처럼 버려지겠지. 더 이상 엄마 입속에서 놀아 주는 '노 프라블럼'이 아닐 테니까.

벤치에 앉아 배를 끌어안고 있는데 내 옆으로 웬 군복 입은 할아버지가 앉았다. 원래는 빨간 모자에 선글라스를 쓰던 할아버지였지만 앞이 잘 안 보이면 넘어질 수도 있다고 선글라스는 뺏긴 모양이었다. 아빠가 종종 집에 와서 노망난 할배라고 조롱하며 웃던 것이 기억났다.

"여자애가 조신하게 다리는 내리고 예쁘게 모으고 앉아 있어야지, 왜 술집 년들이 하는 것처럼 다리를 꼬고 앉아 있어? 하마처럼 배는 불룩해 가지고."

할아버지가 나를 보고 뭔가 마음에 안 들었는지 버럭, 소리를 질렀다. "저기 아저씨, 아줌마들도 그렇게 앉아 있는데요." 하고 말하려다 말해 봐야 나만 손해일 것 같아 입을 다물었다. 그때였다.

"할아버지."

아는 얼굴이 다가왔다.

태준이였다. 태준이도 나를 보고 놀란 듯했다. 다른 반인 데다 그리 친하지도 않은 사이라 그 일 이후로 학교에서도 학원에서도 이렇게 가까이서 서로를 본 것이 그날 이후로는 거의 처음인 것 같았다. 녀석은 엄청나게 불어난 내 몸집을 보고 놀란 표정을 지었다. 그냥 자리를 피하러 했는데 그 얼굴을 보니 순간 분노가 치밀어 올라왔다. 네가 뭔데, 날 이렇게 만든 건 너도 책임이 있으면서 네가 감히 그런 표정을 지어?

"너……."

자리에서 일어나서 뭐라고 말하려고 했는데 갑자기 자리에서 일어난 탓인지 일주일째 꽁꽁 싸맨 붕대 탓인지 갑자기 머리가 핑 돌더니 그 자리에서 쓰러졌다.

"눈 좀 떠 봐. 어떻게 된 애가 정신 못 차리고 잠만 자고 있어."

눈을 떠보니 양로원의 진료실이었다. 놀라 배를 더듬어 보니 단단하게 감겨 있던 붕대는 어디가고 군데군데 금이 간 피부만 만져졌다.

"어떻게 된 일이야?"

곁에 서 있던 엄마가 물었다. 주위를 둘러보니 아무도 없고 엄마만 있었다.

"네가 태준이네 가족들 앞에서 쓰러져서 그 사람들이 너 데려다줬다. 이게 웬 망신이야. 게다가 이 배는 뭐야. 정말 너 임신한 거야?"

반쯤 확신은 있었지만 아직 한 번도 검사를 안 해 봤기에 뭐라 말할 수가 없었다. 엄마가 핸드백에서 테스트기를 꺼내 손에 쥐어 주었다. 어째서 엄마는 임신 테스트기를 항상 가방에 넣고 다니는지 궁금했지만 물어보지 않았다.

진료실에 딸린 화장실에서 두 줄이 뜬 테스트기를 쥐고 한참을 들여다보았다. 마치 내 인생이 끝났다는 선고 같았다. '노 프라블럼'은 더 이상 없었다. 이게 바로 문제라고. 그것도 중요한 문제라고 신이 밑줄을 쫙쫙 그어 놓은 것 같았다. 아니면 너는 죽었다는 의미로 신이 내 이름 위에 줄을 그어놓은 거든가. 생각에 빠져 있는 사이 엄마가 재촉하듯 문을 두드렸고 테스트기를 은폐할 생각도 못 한 채 끌려나갔다.

"……누구야?"

엄마가 테스트기를 내려다보고 물었다. "태준이……." 하고 기어들어가듯 말하자 엄마의 얼굴에 짙은 절망이 내려앉는 것을 볼 수 있었다.

"이제 이 동네에서 얼굴을 어떻게 들고 다니니. 응?"

238

엄마는 나에게 괜찮냐고 묻는 대신 자신의 평판을 먼저 걱정했다.

"일단 아빠한테는 비밀로 해. 알았어?"

나는 고개를 끄덕였다. 아빠가 알면 등짝을 때리는 데서 끝나지 않을 것이었다. 아빠는 정말로 나를 죽일지도 몰랐다. 마침 태준이네 가족이 모두 양로원에 와 있어서 엄마가 바로 그들을 다시 진료실로 불렀다. 엄마가 사정을 설명하고 내가 그동안 있었던 일들을 얘기하자 태준이네 가족들은 모두 얼굴이 사색이 되었다.

"아니, 우리 애가 그럴 애가 아닌데……. 진짜야?"

태준이 엄마가 태준이에게 묻자 한 발 물러나 있던 녀석이 발끝에 시선을 고정한 채로 고개를 끄덕였다. 바보 같게도 녀석이 거짓말을 하지 않는다는 것에 안도감을 느꼈다. 거기서 녀석이 거짓말을 했다면 나는 진짜 이상한 애가 되었을 테니까.

"아니, 이 집 애가 함부로 몸 굴리고 다닌 걸 왜 엉뚱한 우리 아들에게 뒤집어씌웁니까?"

"함부로 몸을 굴리다뇨, 우리 애가 창녀라도 된단 말씀이세요?"

"네, 창녀죠. 결혼도 안 한, 그것도 아직 학교 졸업도 안

한 새파랗게 어린 것이 여기저기 다리 벌리고 다니는데 그게 창녀가 아니고 뭐예요?"

어른들의 말이 칼끝이 되어 내 마음을 후벼 팠다. 죄 없는 입술만 물어뜯다가 나도 모르게 말이 튀어나왔다. 그동안 혼자 마음 졸이며 스트레스 받았던 것이 한꺼번에 터져 나오는 것 같았다.

"난 한 번밖에 섹스 안 했어요. 그것도 섹스라고 하기도 어려운 거였다고요. 그러고 나서 태준이한테 돈을 받은 것도 아녜요. 앤 지금까지 술 먹고 그 짓을 하다가 날 임신시킨 줄도 몰랐던 애예요."

태준이네 엄마가 정확한 의미를 따지려고 그런 말을 한 게 아니라는 걸 알면서도 반박하고 싶었다. 내 말을 들은 어른들이 기막혀 했다. '섹스'라는 단어가 그렇게 충격적이었나 보다. 자기들은 매일같이 하는 거면서. 별것도 아닌 걸 왜 그렇게 숨기고 싶어 하는지 알 수가 없었다.

"뭐라고?"

"얘가 왜 이래. 가만 있어."

엄마가 내 팔을 찰싹 때렸다.

"계집애 교육을 아주 잘 시키셨네요. 이런 말도 안 되는 일이 왜 일어난 건지 아주 잘 알겠어요. 다신 저런 애 우리

아들 곁에 있게 하지 마세요. 알겠어요? 얘, 너 부끄러운 줄을 알아!"

태준이네 엄마가 자기 아들을 뒤로 숨기면서 쏘아붙였다. 태준이네 아빠도 말은 안 하지만 내게 보내는 경멸의 눈빛이 '이하동문'이라고 말하고 있었다. 비겁해. 앞에 나서서 쏘아붙이는 태준이네 엄마보다 뒷짐 지고 서서 자기 일 아니라는 듯이 구는 태준이네 아빠가 더 얄미웠다.

대화는 계속 평행선을 그리다가 별 소득 없이 끝났다. 아기는 내가 갖고 있었고 그렇다면 문제도 내가 갖고 있는 셈이었다. 상대방은 부정만 하면 뒤탈이 없었다. 어차피 우리 부모님이 아기를 계속 데리고 있게 해 주지 않을 거란 건 분명했으니까. 엄마는 일단 태준이 가족들에게 책임을 묻지 않는 조건으로 입단속을 시켰다.

그 일이 있은 후 학교를 자퇴했다. 엄마는 임신 얘기는 하지 않은 채 국제고를 가느니 차라리 SAT 준비해서 미국 대학을 가는 게 더 이득이라고 설득했고 아빠도 동조한 것 같았다. 임신 얘기가 나오면 애를 어떻게 키운 거냐고 아빠가 엄마를 닦달할 게 뻔했으니까.

날이 갈수록 감추려는 엄마보다 오히려 아무것도 모르고 있는 아빠가 더 미워졌다. 어째서 한 달째 방 밖으로 나오지 않는 나를 궁금해 하지 않는 걸까. 낙태 수술이 가능한 시기는 이미 넘겼고 낳는 수밖에 없었다. 집이 답답해서 차라리 아기를 낳아 밖에서 기르는 건 어떨까 해서 미혼모를 위한 시설도 찾아 보았지만 결과는 항상 절망스러웠다. 시설도 부족할 뿐더러 사람들의 시선과 손가락질을 감당할 용기가 없었다. 지금의 보호받는 삶을 버릴 용기도 없었다.

TV에서 흔하게 보던 아이를 낳으라는 광고엔 행복하게 웃는 엄마, 아빠와 아기가 있었다. 사람들이 원하는 아기는 미혼모의 아기가 아니라 정상적인 삶을 사는 30대의 맞벌이 하는 부부의 것이었다. 아무리 그 사진에 나를 대입해 보려 해도 잘 되지 않았다. 일단 나는 아기와 함께 웃을 수 있을 것 같지가 않았고 아기 아빠의 얼굴이 있어야 할 곳에는 구멍이 뻥 뚫려 있었다. 무엇보다 내가 아기를 원하지 않았다. 나도 내 인생을 감당하기가 어려운데 만약 아기까지 생긴다면 내 스스로 목을 졸라 자살하고 싶을 것 같았다.

아기가 그런 나의 바람을 알았는지 예고도 없이 죽어서 태어났다. 조산이고 사산이었다. 어차피 이 세상에 태어나 힘들게 사느니 차라리 아기 자신을 위해서나 나를 위해서나 그게 나은 것 같았다. 아기 하나만은 내 소원을 들어주었다. 뒤처리를 어떻게 해야 할지도 몰라 당황하다가 인터넷에서 대충 본 대로 소독한 주방 가위로 탯줄을 잘랐다.

그리고 화장실에 앉아 많이 울었던 것 같다.

아기의 시체를 어떻게 해야 할지도 몰라서 그냥 비닐봉지에 담았다. 아기는 정말 작았다. 아파트 화단에 묻을까 하다가 누군가에게 들킬 것 같아 그만두었다. 그렇다고 혼자서 멀리 나가기도 힘들었다. 아, 그래. 아빠가 운영하는 양로원이 생각났다. 거기 버리면 되겠다. 한쪽에 구덩이를 파고 묻으면 아무도 모르겠지. 마침 엄마가 아빠 양로원에 일주일 가 있으라고 했다. 엄마는 친구들이랑 잠깐 해외여행 다녀온다고. 하지만 엄마의 친구들이 여자가 아닌 건 나도 알고 있었다.

"너 배는 좀 어때?"

조수석에 앉은 나에게 엄마가 물어왔다. 아기가 어떻게 됐는지 묻는 것이다.

"괜찮아. 별 문제 없을 것 같아."

엄마에겐 아이를 낳았다고 말하지 않았다. 아이를 묻고 나서 얘기하려고 했다.

"그래. 아빠가 저번에 알고 나서 어찌나 노발대발하는지 아니. 너 쫓아낸다고 고래고래 소리를 지르는 걸 내가 겨우 막았어. 그러니까 이번에 가서 잘해."

엄마가 뒷좌석에 잠든 남동생을 곁눈질하며 말했다. 나는 엄마 말을 듣고 충격받아 한참을 앞만 보고 있었다. 아빠가 안다고? 알면서도 아무 말 안 했던 거야? 알면서도 한 번도 나를 들여다보려고도 안 했던 거야? 분노가 끓어올랐다. 왜 아무도 내가 괜찮은지 안 물어봐? 왜 아무도 아기가 괜찮은지 안 물어봐? 양로원으로 가는 차 안에서 아기를 묻을 곳을 바꾸기로 했다.

비닐봉지에 싸인 아기를 배낭에서 꺼내 양로원 쓰레기장에 버렸다. 음식물 쓰레기통에. 이제 아빠도 알겠지. 내가 아기를 낳았다는 걸. 그리고 모두의 바람대로 그건 쓰레기통에 들어갔다는 걸. 분노에 사로잡혀서 아무 생각도 못한 채 일을 벌였다. 당연히 양로원에서 한바탕 소동이 일어났고 경찰에 사건이 넘겨졌다. 이제 난 잡혀가겠구나. 그럼 적어도 다른 사람에게 내가 겪은 일들을 말할 수 있겠지. 그리고 이 일에 관련된 사람들 모두 예전처럼 살진 못할 테지. 오히려 속이 시원했다.

하지만 어른들의 힘은 생각보다 강했다. 지역 경찰 쪽에도 아빠가 아는 사람이 있어서 사건 진행이 안 되는 것 같았다. 아빠는 내가 저지른 일이라는 걸 알고 나를 불러내 죽이겠다고 협박했다.

"너 같은 거 내 손으로 모가지 비틀어 죽이면 그만이야. 얼굴에 먹칠을 한 거로도 모자라서 내 걸 니가 엎으려고 해? 네가? 너 같이 쪼끄만 년이?"

아빠가 정말로 나를 죽이려는 듯 두 손으로 내 목을 잡아 졸랐다. 숨이 막혔다. 산소가 모자라 눈앞이 하얘졌다. 이대로 죽는구나 싶을 때쯤 아빠가 손을 놓았고 나는 바닥에 엎드려 아침에 먹었던 것을 그대로 토해냈다.

"눈앞에서 꺼져. 뭐 하나라도 더 거슬리게 했다간 정말로 파묻어 버릴 거야."

거기 있다간 정말로 죽을 것 같아서 목을 부여잡고 입에 침이 흐르는 채로 도망쳤다. 죽은 아기 정도로는 내가 미워하는 이들에게 복수할 수 없었다. 날 무시하고 뻔뻔한 얼굴로 학교에 다니는 태준이 녀석도, 날 창녀라고 욕한 그 애 부모도, 나에게 관심 따위는 주지 않으면서 죽이겠다고 협박이나 하는 부모도 가만히 내버려 둘 수 없었다. 아빠가 만든 이 양로원 마을도 역겨워 견딜 수 없었다. 사람 좋은 웃음을 지으며 다니지만 속으로는 모두를 무시하는 아빠. 그런 아빠에게 할 수 있는 최대한의 복수는 이 마을을 다시 열지 못하게 하는 것이었다. 아기에게는 좋은 엄마는 아니었지만 죽은 아기를 모두가 잊어가고 있다고 생각하니 견딜 수 없었다. 모두에게 복수하고 싶었다.

다행히 아기를 잊지 않은 사람들 몇몇이 있는 것 같았다. 나는 부모님의 삼엄한 감시 속에서 벗어날 수 없어 진실을 알리기 힘들었지만 그들은 할 수 있을지도 몰랐다. 우스운 일이었다. 아기를 원하지 않는다고 할 때는 언제고 이젠 내 복수를 위해 아기가 다시 필요했다. 정확히 말하자면 아기의 죽음을 의문스러워하는 사람들이 필요했다.

결국 아기를 버린 범인을 찾게 되면 그 화살이 나를 향할 것이다. 하지만 나는 그들이 나를 찾아와 주길 바랐다. 아기를 죽인, 혹은 버린 범인을 찾는 할머니와 남자애 주위를 맴돌면서 그들이 언제 나를 잡을까 조마조마했던 것도 사실이었다. 하지만 내 생각보다 그들은 더뎠고, 증거도 많지 않아 내 도움이 필요했다.

아기를 지키지 못한 나와 아빠, 그리고 모두에게 복수하기 위해 뇌관을 찾았다. 바로 아빠가 하는 마약 장사였다. 그래서 장부가 있는 곳을 그들에게 알려 주었다. 하지만 불쑥 무서운 생각이 들었다. 아빠가 내 목을 조르던 감각이 되살아났다. 아빠가 다시 한 번 더 내 목을 조르면 나는 살 수 있을까? 그래서 죽으면 아빠는 내가 아기에게 했던 것처럼 비닐봉지에 싸서 어딘가에 던져 버릴까? 결국 모든 걸

덮어두는 게 낫겠다는 생각이 들어서 할머니가 자는 동안 할머니의 수첩을 훔쳤다. 할머니의 안경만큼이나 새빨간 색이었다. 할머니의 시선이 느껴지는 것 같아 교복 주머니 깊숙이 넣어 버렸다. 하루만 더 지내면 다시 집으로 돌아갈 거고 할머니와 마주칠 일도 없을 것이다.

그렇게 살 피해 다녔는데 여행에서 돌아온 엄마가 저녁을 밖에 나가서 먹자고 하는 바람에 마을 입구에서 할머니랑 부딪혔다. 그냥 방에 틀어박혀 있었으면 눈에 띌 일도 없었을 텐데. 정확히 말하자면 저녁 먹으러 나간다고 하다가 핸드폰을 안 들고 온 걸 깨닫고 다시 가지러 가다가 부딪힌 거니 엄마의 탓은 아니다. 누구의 연락을 기다리는 것도 아니면서 없으면 괜히 불안해지는 습관이 들어서. 젠장. 하필이면 그때 수첩을 떨어뜨리고 말았다. 잃어버릴까 봐 손에 쥐고 있던 게 문제였다. 왜 나는 그 망할 놈의 물건을 바로 버리지 않고 잃어버릴까 봐 걱정까지 하며 들고 다닌 걸까? 부딪혀서 미안하다는 말도 하지 않고 빠르게 그 자리에서 도망쳤다. 하지만 할머니는 곧바로 나를 쫓아오지 않았다. 마치 노련한 사냥꾼처럼 여유로운 태도가 언제든 나를 잡을 수 있다고 말하는 것 같았다.

갈수록 용기가 없어졌다. 나는 비겁한 인간이었다. 내 안에 있던 약한 마음이 내게 속삭였다. 그래, 아무 일 없던 것처럼 지내면 되는 거야. 엄마 아빠처럼. 집에 돈이 없는 것도 아니고 게다가 내 잘못을 덮어 주겠다는 데 이보다 더 좋을 수 있겠어? 몇 년 외국에서 지내다 보면 다 잊을 수 있어. 엄마, 아빠 말대로 하면 돼. 도망칠 수 있어. 저녁 식사로 뭘 먹고 있는지도 모르면서 나 자신에게 되뇌었다.

저녁을 먹고 다시 마을로 돌아와 게스트룸에서 잘 준비를 하는데 무슨 일이 생긴 듯 마을이 소란스러웠다. 워낙에 조용한 마을이라 무슨 일이 생기면 바로 티가 난다. 직원들이 노인들을 각자 방에 밀어 넣고 안심시키고는 있지만 공기가 술렁이는 것이 평소와 달랐다. 불안의 냄새가 공기 중에 떠다녔다. 그런 낌새는 가장 먼저 알아채는 엄마가 먼저 밖으로 나갔다. 잠옷 바람으로 마을 입구까지 가니 직원들이 모여 있었다.

"무슨 일이에요?"

엄마가 묻자 직원 중 하나가 내 눈치를 보며 대답했다. 어린 애 앞에서 말하기 힘들 만큼 뭔가 끔찍한 사건이 일어났다는 뜻이다.

"할머니 하나랑 꼬마가 없어졌답니다."

"그래요?"

엄마는 심상히 되물었지만 나는 심장이 내려앉는 것 같았다. 그 할머니가 누군지 되묻지 않아도 알 수 있었다. 그 둘이 나를 찾으려고 밖에 나가다 길을 잃은 것일까?

"둘 다 지금 돌아오고 있대요."

"그럼 다행이네요."

좋은 소식에 엄마가 대놓고 실망한 얼굴로 대답했다. 그래, 나 때문은 아닌 거야. 그냥 그 둘이 밖에 산책 나갔다가 길을 잃은 거지. 나 때문이 아니야.

"그런데…… 할머니 맥박장치가 멈춘 바람에 앰뷸런스를 타고 있다고……."

"할머니가 돌아가셨단 말예요?"

나도 모르게 큰 소리로 되물었다. 직원이 약간 놀란 얼굴로 고개를 끄덕였다. 그들이 알기에 아무 친분도 없던 내가 크게 반응하니 놀랄 만도 했다.

"아마도 그럴 거예요……."

직원의 대답과 동시에 앰뷸런스 사이렌 소리가 가까워지기 시작했다. 할머니가 죽었다. 하지만 내가 죽인 게 아니야. 알면서도 나는 죄책감에 몸을 떨었다. 수첩은 아직도 내 손에 들려 있었다. 나는 아직 수첩을 버리지 못했다.

앰뷸런스가 마을 앞에 멈춰서는 듯하더니 다시 요란하게

울리며 길을 떠났다. 저기 안에 할머니가 있겠구나. 반쯤 넋이 나간 나는 마을 밖을 바라보며 멍하니 서 있었다. 그때 파란 물체가 다가왔다.

"현우야, 잠깐만⋯⋯."

내 가슴에나 올까 말까 한 파란색 물체는 하늘색 모포를 둘러쓴 남자애였다. 할머니와 함께 다니던 그 꼬마였다. 아이의 엄마인 의사 선생님이 걱정스러운 얼굴로 뒤를 따랐다. 아이는 내 얼굴을 똑바로 보며 곧장 내게로 다가왔다. 나는 두려움에 한발 물러났다.

"왜 그러는 거야? 무슨 일이야?"

아이는 자기 엄마가 뭐라 하는지 들리지도 않는 것처럼 나를 향해 직진했다. 아이가 모포 바깥으로 손을 내밀어 내 잠옷 바짓자락을 붙들었다. 아이의 지친 얼굴을 보는 순간 나는 직감했다.

더 이상 그 문제에서 도망칠 수 없다는 것을.

10 빌어먹을 할머니

"여기서 뭐하세요?"

윤 비서가 아까부터 나무 뒤에 숨어 건물 2층을 바라보고 있었다. 그녀의 시선 끝에는 창가에 선 원장이 있었다.

"아이고, 깜짝이야."

내가 오는 기척을 못 느꼈는지 그녀가 화들짝 놀랐다. 펄쩍 뛰는 그 모습이 꼭 놀라는 고양잇과 맹수 같았다.

"아무것도 아닙니다."

"할머니 만나고 오시는 길인가 보죠?"

"예. 회장님 뵙고 이제 들어가는 길입니다."

대화거리가 떨어지자 우리 사이에는 어색한 정적이 흘렀다.

"그럼 가 보겠습니다."

"네. 안녕히 가세요."

어색함에 못 이겨 윤 비서가 먼저 자리를 떴다. 그녀의 뒷모습을 멍하니 바라보다가 무전에 정신을 차렸다.

"6호실 김창수 환자분 맥박 멈추셨습니다. 확인해 주세요."

알았다는 의미로 마이크를 짧게 누르고 6호실을 향해 뛰었다. 허겁지겁 방에 도착하니 이미 정석이 심폐소생술을 하고 있었다. 규칙적으로 환자의 가슴을 누르고 인공호흡을 하는 그의 이마에 어느새 땀이 맺혔다.

멍하니 있을 시간이 없었다. 침대 밑에 달린 제세동기를 꺼내 준비했다. 환자의 풀어헤친 가슴팍엔 뼈만 앙상했다. 재빠르게 오른쪽 쇄골 아래와 왼쪽 옆구리에 패드를 붙이고 선을 기계에 꽂은 뒤 물러났다. 정석이 숨을 몰아쉬며 소매로 땀을 닦았다. 충격 버튼을 눌러 환자의 심장에 충격을 줘 보지만 환자는 여전히 반응이 없었다. 과정을 지켜보던 정석이 고개를 흔들었다.

"앰뷸런스는 오는 중이래?"

"응."

정석이 핸드폰을 꺼내들었다.

"원장님한테는 내가 말할게. 병원에도 따라가고. 가족들한테 연락 좀 해 줘."

"알았어."

간호사 자격증을 가진 직원이 방에 들어오고 나는 직원 라커룸으로 향했다. 여기서 일하는 사람이라면 누구든 겪는 일이지만 누군가 죽는다는 건 언제나 적응이 안 되는 일이다. 특히나 그 소식을 가족들에게 전한다는 건 할 짓이 못 된다. 익숙해질 만도 하련만. 평소에 별로 좋아하지 않던 환자나 가족이라도 그 순간만큼은 세상에서 제일 안쓰러운 존재가 된다.

컴퓨터 앞에 앉아 회사 내부 정보망에 접속하고 환자 가족들의 연락처를 찾았다. 아들에게 전화를 걸어 보았지만 그는 받지 않았다. 며느리라고 저장된 연락처에 전화를 걸었다.

"여보세요."

한참 만에 연결된 수화기 저편에서 힘없는 목소리가 건너왔다.

"안녕하세요. 여기 도란마을입니다. 김창수님 가족분 되시죠?"

"어디라구요?"

"도란마을요. 병원입니다."

"아아. 네."

병원이라고 하니 그제야 알아들은 듯했다.

"김창수 환자분이 돌아가셔서 연락드렸습니다."

"네? 아버님이오?"

"네. 지금 다른 병원으로 이송되셨는데 주소가……."

이송된 병원의 주소와 전화번호, 동행한 의사의 이름을

알려주고 전화를 끊었다.

어쩐지 가슴이 답답해져서 밖으로 걸어 나갔다. 어느새 해가 진 건지 밖은 어둑어둑했다. 입구를 지나 식당을 향하는데 레모네이드 할머니와 걸어오는 아들이 보였다. 반가워서 손을 흔들었는데 뭐가 그리 급한지 아이는 나를 발견하지 못한 채 지나쳤다.

"아들, 밥 먹으러 안 가?"

지나쳐 가는 아이를 소리쳐 부르니 놀란 아이가 눈에 띄게 어깨를 떨었다. 아무것도 아니라며 할머니와 걸어가는 모습이 어째 낯설었다. 아이가 저렇게 조급해하는 모습을 본 건 거의 처음이었다. 워낙 도통한 스님처럼 사는 녀석이라 무슨 일에도 좀처럼 놀라는 법이 없는 애였다. 할머니도 뭔가 평소와는 다른 느낌이었다. 같은 사람을 어둠 속에서 만난 걸로 이렇게 다른 느낌을 받을 수 있나? 뭐가 다른 건지는 잘 모르겠지만 마음속 한구석이 어딘가 찜찜했다.

할머니와 아이가 멀어지는 모습을 지켜보는데 식당에서 도와 달라는 무전이 왔다. 서빙을 도우며 어차피 밥을 먹으러 올 테니 그때 잘 관찰해 보면 되겠지 생각했다.

하지만 아이와 할머니는 저녁 시간이 끝나가도록 나타나지 않았다.

사람들이 밥을 다 먹고 돌아갔는데도 아이는 보이지 않았다. 레모네이드 할머니 방에서 뭘 따로 먹고 있나? 하지만 수업에는 참여 안 해도 식사 시간에는 꼭 맞춰 나타나던 할머니였다. 기분이 이상했다. 아이에게 전화를 걸었지만 바로 연결이 끊어졌다. 위치 추적 어플을 켰지만 배터리가 없어 꺼졌는지 신호가 잡히지 않았다. 망할 놈의 키즈폰. 등에서 식은땀이 났다.

　할머니의 방에 찾아가 봤지만 불이 꺼진 채 텅 비어 있었다. 할머니의 핸드폰에도 전화해 봤지만 연결할 수 없다는 안내음만 들려왔다.

　"우리 애랑 할머니 봤어요?"

　주위의 직원들에게 물었지만 직원들은 고개만 흔들었다. 눈앞의 주민들 돌보기도 바쁜데 남의 애 관찰할 시간이 어디 있겠는가. 머리로는 이해했지만 가슴은 속절없이 타들어 갔다. 미친년처럼 마을을 돌아다니며 수소문했더니 선희 씨가 저녁 식사 전에 두 사람이 입구 쪽으로 나가는 걸 봤다고 했다. 그때라면 나랑 인사한 직후였다. 아이와 레모네이드 할머니가 마을 밖으로 나간 걸까?

　순간 아이와 할머니의 어디가 이상했는지 깨달았다. 아까의 할머니는 지팡이를 짚고 있지 않았다. 할머니가 걸어 다

닐 때 나던 일정한 박자의 지팡이 소리가 나지 않았다. 그
거였어. 아까 만난 사람은 진짜 레모네이드 할머니가 아니
었던 거야. 경비실을 향해 미친 듯이 달렸다.

"저희 애랑 할머니가 밖으로 나갔나요?"

경비실 직원에게 묻자 두 시간 전에 나갔다고 했다.

"아직 안 돌아오셨단 말예요? 왜 체크 안 하셨어요?"

"아까 비서를 만나러 가신다고……."

"비서는 낮에 왔다 갔어요."

그제야 경비실 직원은 아차 싶었는지 전화를 돌리기 시
작했다. 젠장, 젠장! 이어마이크를 귀에서 빼고 마을 밖으
로 달려나갔다. 뛰어가며 바지 주머니를 확인하니 다행히
차 키가 들어 있었다. 차 문을 열고 탔는데 시동이 잘 걸리
지 않았다.

"이건 또 왜 급할 때 말을 안 들어."

몇 번이나 키를 돌려 봤지만 허사였다. 손에 땀이 차 열
쇠에서 손이 자꾸만 미끄러졌다. 망할 놈의 고물 차. 진작
바꿨어야 했는데. 자꾸만 안 좋은 생각이 밀려들었다. 아이
가 어떻게 됐으면 어떻게 하지? 레모네이드 할머니랑 같이
있으니까 괜찮겠지? 아냐. 그 할머니도 환자잖아. 애초에 치
매 환자에게 아이를 맡긴 내 잘못이야. 아이를 봐 줄 다른

사람이 있었다면, 애 아빠가 있었다면, 이혼하지 않았더라면, 아니 애초에 그 인간을 만나지 않았더라면. 이제 더는 어쩔 수 없는 후회들만 눈앞에 스쳐 갔다.

"으아아아!"

손으로 핸들을 내리치다 엎드려 울었다. 이마가 클랙슨에 닿아 빠앙 하는 소리가 울려 퍼졌다. 아냐. 이럴 시간이 없어. 내 애는 나만 기다려. 내가 아니면 아무도 못 구해. 정신 차려. 이를 악물고 이번에도 시동이 안 걸리면 폐차하겠다는 생각으로 키를 돌렸다. 그러자 다행히 엔진에 시동이 걸렸다.

차를 타고 큰길로 나가려는데 양쪽으로 도로가 나 있어 어디로 가야 할지 혼란스러웠다. 윤 비서를 만나러 간 게 아니라면, 다른 목적으로 밖에 나갔다가 길을 잃은 게 틀림없었다. 사람은 내부분 자기가 주로 쓰는 손 쪽으로 방향을 틀게 마련이다. 할머니가 쓰는 손이 어느 쪽 손이었지? 할머니의 평소 모습을 떠올렸다.

"왼손."

할머니는 왼손에 볼펜을 쥐고 빨간 수첩에 글을 쓰곤 했다. 왼쪽으로 핸들을 틀었다.

속도를 많이 높이지 않은 채 천천히 운전하면서 도로를

살폈다. 아이가 배수로에 들어갔을 수도 있으니 그쪽을 살
피는 것도 잊지 않았다.

"으악!"

배수로 쪽을 살피다 하마터면 어린 고라니를 칠 뻔했다.
급정거를 하자 몸이 앞으로 쏠렸다. 헤드라이트에 놀란 고
라니가 잠시 멈춰 섰다가 산 쪽으로 달아났다. 놀란 가슴을
쓸어내렸다. 다행이다. 이런 상황에 고라니까지 치었으면 마
음이 더 무거웠을 것이다.

속력을 더 줄이고 천천히 나아갔다. 어쩌면 할머니와 아
이도 산으로 들어간 거 아닐까? 그러면 정말 찾기 어려워
질 텐데……. 제발 아이가 무사하기만을 바라며 입으로는
중얼중얼 하느님을 찾았다. 성당도 제때 나가지 않는 나이
롱 신자인 주제에 힘들고 어려울 때는 잘만 찾는다. 제발
아이가 살아 있게만 해 주세요. 그러면 주일마다 안 까먹고
귀찮아하지도 않고 잘 나갈게요. 아이만 살아 있으면 거지
같은 도란마을도 때려치울게요. 제발 살아 있게만 해 주세
요, 제발…… 제발……. 몇 번을 신에게 구걸했는지 셀 수
도 없을 정도였다. 그때였다.

사이렌 소리가 요란하게 울리며 앰뷸런스가 내 차를 추
월해 지나쳤다. 오늘만 해도 벌써 두 번째 보는 구급차였다.

누군가 죽었다. 불길한 예감이 스쳤다.

앰뷸런스를 따라가니 낡은 버스정류장 아래 레모네이드 할머니와 아이가 있었다. 앰뷸런스 뒤에 차를 세우고 튕기듯 뛰쳐나가 아이를 안았다. 정말 미안하게도 이미 죽었을 할머니에 대한 안타까움보다 내 자식이 살아 있다는 안도감이 더 컸다.

"엄마!"

아이를 내 품에 안고 나는 그제야 소리 내어 엉엉 울었다. 너무 무서웠다. 너무 무서워서 돌아 버릴 것 같았다. 이 아이가 없으면 난 어떻게 살아갈까. 죽은 할머니 곁을 지키면서 무서웠을 텐데도 제 엄마 앞에서는 눈물 한 방울 흘리지 않는 이 메마른 꼬마가 없이 어떻게 살 수 있을까. 이 아이 없이 살아왔던 인생이 기억나지 않을 만큼 나는 내 아이를 너무 사랑한다.

"엄마. 할머니가……."

아이가 내 품에서 빠져나가 구식 버스정류장 한 편을 가리켰다. 레모네이드 할머니가 처음 보는 옷을 입고 벽에 기대앉아 자는 듯이 눈을 감고 있었다. 주황색 옷을 입은 구급대원들이 할머니를 살폈다. 아이를 데리고 그들에게 다가갔다.

"이 할머니랑 아는 사이세요?"

"저희 마을 분이세요. 상태는 어떠신가요?"

"이미 돌아가신 것 같아요. 돌아가신 지 얼마 되지 않은 것 같기는 하지만…… 병원으로 가실 거죠?"

"엄마. 마을로 가야 돼."

아이가 내 옷을 잡아당겼다.

"뭐? 왜?"

"레모네이드 할머니가 그 누나를 찾으라고 했어."

"누나? 누구 누나?"

"교복 입고 빨간 리본으로 머리 묶는 누나."

"원장님 딸을 왜?"

"그 누나가 우리가 찾던 사람이야. 할머니가 그 누날 찾아가라고 했어."

소름이 끼쳤다. 레모네이드 할머니가 정말로 영아 사망 사건의 범인을 찾았단 말인가? 그리고 그게 원장 딸이고? 전혀 예상치 못했던 인물이었다.

"알았어. 가는 길에 잠시만 마을에 들러 주세요. 저는 지금 못 가고 거기서 병원까지 동행할 관계자가 나올 거예요."

"알겠습니다."

아이를 내 차에 태우려 했지만 아이는 레모네이드 할머

니와 함께 구급차에 타겠다고 고집을 부렸다. 할머니에게 집착하는 게 아닐까 걱정도 되었지만 그게 그 애만의 할머니를 보내는 방식일 수도 있겠다 싶어서 내버려 두었다. 내가 앞장서고 구급차가 뒤따랐다.

마을에 도착하자 구급차 문이 열리고 아이가 하늘색 담요를 뒤집어쓴 채 내렸다. 구급차가 또 마을에 들어오자 궁금했는지 사람들이 몰려들었다.

"무슨 일이야? 이번엔 누구야?"

"우리 애랑 같이 다니던 할머니야. 정석 씨. 고생 좀 해 줘."

"뭐? 나보고 또 병원에 가라고? 방금 돌아왔단 말이야. 이제 퇴근하려는 참인데."

"미안해. 부탁해."

평소와 다른 내 표정을 보자 뭔가 말을 더하려던 그가 입을 다물었다.

"현우야……."

아들의 이름을 불렀다. 두리번거리던 아이가 원장 딸을 발견하고는 곧장 걸어갔다. 아이가 잠옷 바짓자락만 살짝 붙들었을 뿐인데 원장 딸은 킹콩에게 온몸을 붙들린 듯 사색이 되었다.

"어머. 얘 뭐야. 얘, 갑자기 내 딸한테 왜 그러니?"

원장 딸 옆에 서 있던 사모가 아이를 내려다보며 콧방귀를 뀌었다. 손을 떼어내려고 사모가 아이의 손을 잡고 탁 쳤지만 아이는 목석같이 굳어 원장 딸을 올려다보고 있을 뿐이었다.

"애 왜 이래요. 엄마가 좀 어떻게 해 봐."

기가 막히다는 표정으로 사모가 내게 말했다.

"사정 봐줘서 이혼녀 애 볼 수 있게 해 줬더니 진짜 별꼴을 다 보겠네."

원장 딸은 놀란 듯 눈을 크게 뜨고 넋을 놓고 있었다. 레모네이드 할머니가 허튼소리를 할 리 없어. 이 애가 우리가 찾던 사람이야. 확신이 들었다.

"너, 기회는 지금 뿐이야."

내가 여자애의 어깨를 잡고 흔들었다. 혼이 나간 것 같던 그 애의 눈동자가 내게로 향했다.

"지금 아니면 영영 말 못해. 그래도 좋아?"

"얼씨구. 이젠 에미까지 내 자식한테 염병을 떠네. 잘한다, 잘해! 뭐해? 이 여자 안 쫓아내고!"

상황을 가만히 지켜보던 직원들이 주춤거리며 내게 다가왔다. 다들 매일 보던 얼굴인데 낯설게 느껴졌다. 나는 아이와 여자애를 감쌌다.

"이리로 와요!"

눈에 총기가 돌아온 여자애가 나와 아이의 손을 잡아끌었다. 아들은 그 애가 안아들고 나는 그 애의 손에 붙잡혀 달렸다. 힘없이 마을을 돌아다니던 애에게서 갑자기 어떻게 그런 괴력이 나오는지 모를 일이었다.

"애! 너 어디 가!"

사모가 소리쳤지만 여자애는 우리 손을 붙잡고 마을 안쪽으로 달렸다.

"저는 장부를 가져올 테니까 아줌마는 증거를 가져오세요."

"증거?"

"장부 같은 걸로는 안 믿어 줄 거예요. 상가 지하실에 가면 소포장된 마약이 있어요. 그걸 가져오세요. 아무 가게나 들어가서 뒷문을 열면 바닥에 지하실로 가는 문이 있어요. 마을 입구 앞에서 만나요. 차 있으시죠?"

"응."

"최대한 빨리 가져오세요. 넌 나한테 업혀."

여자애가 아이를 내려놓고 다시 업었다.

"손을 내 목에 걸고 꽉 잡아. 아줌마, 시간 없어요. 빨리요!"

"아, 알았어!"

여자애가 발을 구르자 나도 모르게 뛰었다. 상가를 향해 가는데 마침 원장이 카페 문을 열고 나오고 있었다. 어딘지 걸음걸이가 불안정해 보였다. 원장이 떠나는 것을 확인하고 카페 안으로 들어갔다.

뒷문이 어딘지 찾을 것도 없이 카운터 뒤쪽의 문이 열려 있었다. 가게는 가게일 뿐이지 그 뒤에 뭐가 있을 거라고는 한 번도 생각해 본 적 없는 공간이었다. 나도 어지간히 관심이 없었나 보다. 하긴 주민들을 돌보며 일하느라 나도 바빴으니까.

뒷문을 열고 들어가니 정사각형의 공간이 나왔다. 딱 가게 하나 크기였다. 과연 바닥에 구멍이 뚫려 있었다. 문이 열린 채로 그 안에서 오렌지색 불빛이 새어 나왔다. 가까이 다가가니 기분 나쁜 온기가 느껴졌다. 어쩐지 숨이 막히는 기분이었다.

정말 여기에 마약이 있는 걸까. 원장도 마약에 취해서 그렇게 비틀댔던 걸까. 두려운 마음을 억누르고 사다리를 타고 지하로 내려갔다.

내려갈수록 온도가 더 높아지고 담배 냄새와 술 냄새가 짙어졌다. 왁자지껄한 소리가 들려왔다. 아래를 내려다보니 한쪽에 긴 소파가 놓여 있고 남자들이 술을 마시고 담배를 피우며 웃고 떠들고 있었다. 자세히 보니 술을 마셔서 취한 거랑은 느낌이 좀 달랐다. 어딘가 의식이 딴 세상에 가 있는 사람들처럼 보였다. 너무 취한 나머지 내가 온 것도 모르는 듯했다. 잘 됐다.

사다리에서 내려와 조심히 착지했다. 지하실이 온통 담배 연기로 자욱했다. 마을에 이린 곳이 있었다니. 완전히 다른 곳에 온 느낌이었다.

어디가 마약이 있는 곳이지? 일단 가장 가까이 있는 문부터 열었다. 수많은 철제 서랍들이 있는 곳이었다. 아무거나 손잡이를 잡고 당겨보려 했지만 특별한 잠금장치가 있는 것인지 열리지 않았다. 어디가 열쇠 구멍인지 보이지도 않았다. 여기는 아닌가. 옆으로 걸음을 옮겼다.

와아. 눈앞의 광경에 절로 입이 벌어졌다. 은은한 조명 아래 고급 와인들이 산더미처럼 쌓여 있었다. 약하게 모터 소리가 들리는 걸로 봐서 방 전체를 아예 냉장고로 만든 듯했다. 이게 다 얼마짜리야. 술 마시는 걸 별로 안 좋아해서 뭐가 비싼 와인인지는 모르지만 원장이 싸구려 와인을 보관하기 위해 이런 방을 만들었을 것 같지는 않았다. 아차. 이럴 때가 아니지. 얼른 정신을 차리고 와이너리를 빠져나왔다. 내가 와인 좋아하는 사람이었으면 뭐라도 하나 마시고 싶어서 절대 그 방에서 나오지 못했을 것이다. 알콜 분해 효소가 없는 내 몸에게 처음으로 감사했다.

다른 방문을 열고 들어가니 살풍경하다 싶을 정도로 아무것도 없었다. 환풍기와 방독면, 철제 의자와 책상 위에 쌓인 몇 개의 흰 꾸러미뿐이었다. 가까이서 보니 그건 그냥 꾸러미가 아니라 거대한 마약 덩어리였다.

침을 꼴깍 삼켰다. 갑자기 발이 안 떨어지는 기분이었다. 내가 정말 위험한 데에 발을 들였구나. 이러다가 살해당하는 거 아닐까 싶은 생각이 들었지만 순간 레모네이드 할머니의 비웃는 듯한 표정이 떠올랐다. 겁나면 지금이라도 발 빼, 하는 듯한 표정. 입술을 깨물었다. 발 안 빼요. 할머니가 무슨 짓을 하고 간 건지 알기나 해요? 내 머릿속의 그녀에게 지기 싫어서 책상 위의 손가락만 한 크기로 포장된 흰 가루를 집어 들었다. 이걸로도 부족할지 몰라. 핸드폰을 꺼내 재빨리 방 사진을 찍고 마약을 주머니에 넣은 뒤 방을 나섰다.

소파 위의 남자들은 아직도 내가 온지 모르는 듯 자기들끼리 얘기하고 웃고 난리가 났다. 하지만 서로 말이 통해서 웃는 게 아니고 그냥 웃겨서 웃는 것 같았다. 어쩐지 그 모습이 지상의 주민들과 겹쳐졌다.

"악!"

사다리에 발을 얹다가 헛디디는 바람에 미끄러졌다. 순간 지하실에 정적이 흘렀다. 아래를 내려다보자 소파 위에 앉아 있던 남자들이 다 나를 쳐다보고 있었다.

"누구야?"

"네가 여자 불렀어?"

"야, 여자를 부를 거면 좀 괜찮은 년으로 불러오든가, 아님 서울에 룸으로 가든가. 저게 뭐냐?"

"김 원장이 불렀나 보지."

"그 새끼 텐에 정마담 죽자고 쫓아다니더니 이제 입맛 되게 구려졌네. 저게 뭐냐. 애 엄마 같잖아."

'애 엄마'라는 소리에 남자들이 자기들끼리 낄낄대고 웃었다. 처음으로 자기들끼리 뜻이 통한 것 같았다.

"꿩 대신 닭이라는 말도 몰라? 일단 왔으니 얼굴이나 제대로 보자. 아, 인루 의 뵈."

벌건 얼굴에 기름이 줄줄 흐르는 놈이 내게 손짓을 했다. 하긴 다들 몰골이 그랬으니 그다지 특별한 인상착의는 아니었다. 한 명이 손짓을 하며 걸어오자 남자들이 다 나를 향해 마치 좀비같이 걸어오기 시작했다. 사다리를 올라가는데 어느새 손에 땀이 나서 자꾸만 미끄러지려 했다.

"잡았다."

젠장. 생각보다 마약 중독자의 손놀림이 빨라서 발목을 붙잡혔다.

"으악! 놔, 이 개새끼야!"

발을 털다가 신발이 바닥에 떨어졌다. 신발은 버렸지만 덕분에 상대의 손이 느슨해져서 빠져나올 수 있었다. 위로 올라오자 남자들이 닭 쫓던 개 모양으로 입구를 쳐다보고 있었다. 풀린 눈으로 멍하니 올려다보는 게 웃겨서 핸드폰으로 그들의 얼굴을 찍어두었다. 너넨 현행범이야. 어느새 나도 대담해진 모양이다.

"뭐야?"

카페를 나오려는데 누군가의 가슴팍에 머리를 부딪쳤다. 젠장. 원장이었다. 온몸의 피가 싹 빠져나가는 느낌이었다.

옆을 돌아보니 막 여자애와 아이가 이쪽으로 오는 중이었다.

"먼저 가!"

원장이 내가 소리 지른 쪽을 돌아보았다. 그가 저 애들을 쫓아가면 안 된다. 그의 주의를 끌기 위해 가슴팍을 밀쳐내고 마을 안쪽으로 달려가며 소리쳤다.

"이거 당신 거죠? 어디 한 번 잡아보시지."

주머니 속에 있던 마약을 꺼내 흔들어 보였다. 원장의 얼

268

굴이 달빛을 받아 시퍼레지는 게 보였다. 쌤통이다. 내가 웃었다.

"씨발!"

하지만 곧 원장이 무서운 속도로 쫓아오기 시작했다. 술과 마약에 취하긴 했지만 그래도 성인 남자였다. 금방 거리가 좁혀졌다. 큰 나무 쪽을 향해 달렸다. 손에 잡힐 듯한 거리에서 큰 나무를 주위로 한 바퀴 돌자 방향감각을 잃은 그가 나무에 쿵 하고 부딪혔다. 그리고 그 순간 나무에서 비둘기 똥이 와그르르 쏟아졌다.

"아이! 이놈의 새 새끼들이!"

그리고 뭐라고 더 욕을 한 것 같지만 이미 그의 혀가 꼬여서 알아들을 수가 없었다. 그래도 아직 쫓아올 힘이 남았는지 내 뒤를 쫓았다.

"죄송해요!"

앞을 보고 달리다가 밤 산책을 하는 미미 시스터즈를 아슬아슬하게 피해 지나갔다. 바로 뒤에서 쫓아오던 원장은 미처 피하지 못하고 은미 할머니와 부딪혀 함께 나동그라졌다.

"아이고, 저런!"

내가 일으켜 주고 싶었지만 차마 다가갈 수가 없었다.

"망할 놈의 할망구, 밥 처먹었으면 조용히 방에 들어가 잠이나 처 잘 것이지 오밤중에 어딜 기어 나와? 나오길. 악!"

원장이 욕지거리를 퍼붓자 옆에 서 있던 진미 할머니가 손에 들린 지팡이로 그의 뒤통수를 후려갈겼다. 땅 소리가 여기까지 들렸다.

"왜 우리 언니를 욕해! 후레자식 같으니!"

킬킬 웃으며 나는 입구를 향해 달렸다. 내 차에는 이미 아이와 여자애가 뒷자리에 타고 있었다. 차 문을 안 잠그고 내린 게 오늘만큼 다행스러운 적이 없었다.

"안전벨트 매. 출발한다."

아까와는 달리 시동도 부드럽게 잘 걸렸다. 그래. 아직 폐차하려면 멀었어.

"어디로 가는 거예요, 아줌마?"

"서울로 갈 거다. 어디까지 그 사람들 손이 뻗쳤는지는 모르지만 여기서 최대한 먼 곳에 가서 신고할 거야."

"엄마, 보조배터리 어딨어?"

"잠깐 기다려 봐."

차 안 조명을 켜고 한손으로 글러브 박스를 뒤져 보조배터리를 꺼내주었다.

"그건 누구 핸드폰이야?"

"레모네이드 할머니 거."

"뭐라고? 레모네이드 할머니 걸 네가 왜 갖고 있어?"

백미러로 아들의 얼굴을 쳐다보았다. 내 반응에는 아랑 곳하지 않고 아이는 파란불을 내며 켜지는 핸드폰에만 집 중했다.

"잠깐. 윤 비서 누나한테 전화 왔어."

뭐라고 할 새도 없이 아이가 전화를 받았다.

"지금 엄마 차 타고 서울로 가는 길이에요. 방금 마을에 서 출발했어요. 네."

통화는 금방 끝났다.

"뭐래? 핸드폰 갖다 달라지? 당장은 힘들다고 해."

"이쪽으로 오고 있대. 같이 가겠대."

"뭐?"

우리가 어디 있는 줄 알고 간다는 거야. 참 나.

"너 가서 정말 사실대로 말할 거니?"

백미러 속에서 여자애와 내 눈이 마주친다.

"정말 아기 죽인 거 너 맞아?"

"네."

"아기 엄마도 너고?"

"……네."

무슨 사연이 있었는지는 모르지만 혼자 엄청나게 속앓이를 해 온 것 같았다. 얼굴에 잔뜩 그늘이 졌다.

"너 그거 범죄라는 건 알고 있어? 이런 얘기 하긴 뭐하지만 네가 사실대로 말하면 수사가 시작돼서 감옥에 가야 할수도 있어."

"상관없어요."

자신이 저지른 범죄를 솔직히 말하겠다는 애 앞에서 오히려 걱정이 되는 건 왜일까. 가슴이 답답했다.

"어차피 태어날 때부터 사는 게 지옥이었어요. 차라리 감옥에 가면 마음은 편할지 모르죠. 전 이제 집으로는 못 돌아가요."

"그러면……."

쾅!

내가 말을 꺼내려는 순간 엄청난 충격이 가해졌다.

핸들에 가슴이 부딪혀 너무 아팠다. 무슨 일이 일어난 건지 보려고 고개를 돌렸는데 다시 한 번 더 충격이 가해졌다. 일단 도망가야 했다. 누군지는 몰라도 그 자리에 계속 있으면 우리가 죽을 때까지 받아낼 것 같았다.

"너희 괜찮니?"

"네."

여자애는 기어들어가는 소리로 겨우 대답하고 아들 녀석은 숨이 막히는지 콜록댔다. 안전벨트를 했기에 망정이지 아니었으면 진짜로 길 위에서 죽을 뻔했다.

"우리 아빠예요."

"원장님?"

뒤를 돌아본 여자애가 말했다. 운전석 옆 백미러로 보니 과연 작게 원장의 얼굴이 보였다. 자세히 보지 않아도 이미 화가 난 걸 알 수 있었다. 미친 새끼. 아무리 그래도 그렇지 자기 딸도 타고 있는데 차로 들이받아 죽이려고 해? 게다가 저렇게 서슴없이 음주운전을 하다니. 다시는 집으로 못 돌아간다는 여자애의 말이 이해가 갔다.

원장을 떨치기 위해 신호도 무시하고 마구 밟았지만 원장의 외제차는 끈질기게 우리를 쫓아왔다. 젠장. 딱지 엄청 떼겠네.

"아줌마……."

젠장. 서울로 향하는 큰 사거리에 차들이 늘어서고 있었다. 신호 위반을 하려도 할 수가 없고 반대편 차도에도 차들이 지나다니고 있어 역주행을 할 수도 없었다. 서서히 속도를 줄이자 원장이 급격히 따라붙었다. 여기 있어도 죽고 저기 있어도 죽는다. 차를 버리고 뛰어서 달아나야 할까 싶어서 아이들에게 차 서면 뛰어 내리라고 말하려는 그때.

쾅!

반대편 차도에 있던 차가 느닷없이 달려들어 원장의 차를 밀어 버렸다. 뒷좌석이 받힌 원장의 차는 무참히 찌그러져 논두렁에 처박혔다. 누구지? 몸을 내밀어 뒤돌아보았다.

"윤 비서님!"

논두렁과 도로 사이에 반쯤 걸린 차 안에서 윤 비서가 엄지손가락을 들어 보였다. 방금 사고를 낸 차 안에서도 그녀의 자세는 곧고 올바랐다.

"××경찰서로 곧장 가세요! 준비는 다 되어 있습니다!"

윤 비서가 나에게 외쳤다.

"고마워요!"

나도 엄지손가락을 들어 보이고는 신호에 따라 이동했다. 아직도 내게 무슨 일이 일어난 건지 몰라 어안이 벙벙했다.

"경찰에 신고하는 것만으로는 약할지 몰라. 신문고나 언론에도 제보해야겠어."

"할머니가 이미 다 준비해 놨어."

할머니의 핸드폰을 들여다보던 아이가 중얼거렸다.

"할머니가 이미 포털사이트에 올릴 수 있도록 준비해 놨어. 할머니가 오늘 나를 기다리면서 작성했던 거야. 이걸 쓰느라 핸드폰 배터리가 다 된 거였나 봐. 엄마 사진 있어?"

"무슨 사진?"

"마약 증거. 할머니가 '꼬마 엄마에게 받을 것'이라고 적어 놨는데."

"이따 차에서 내려서 보내줄게."

빌어먹을 할머니. 다 알고 있었어. 다 알고 있으면서도 왜 미리 안 알린 거야. 왜 자기가 시작한 일 자기가 끝내지 않고 돌아가신 거냐구.

"무책임해."

도심으로 가는 차의 행렬에 섞여 드는데 눈앞이 자꾸만 흐려졌다.

"엄마, 울어?"

"아줌마 울어요?"

지금 내가 우는 거 걱정할 때가 아니거든. 손등으로 눈물을 벅벅 닦아내고 운전에 집중했다.

경찰서로 향하는 길에서 원장이 보낸 누군가를 마주칠까 봐 경계하면서 왔지만 다행히 아직 아무도 만나지 않았다. 경찰서 안으로 들어가 입구 가장 가까운 곳에 차를 대고 내렸다. 건물 안으로 향하는 데 웬 남자가 어깨를 붙잡았다.

"으악!"

나도 모르게 소리를 지르며 상대를 밀쳤다. 바닥에 쓰러진 남자를 피해 아이들을 데리고 몇 걸음 떨어졌다. 원장이 보낸 사람인가?

"회장님이 보내서 왔습니다!"

바닥에 쓰러진 중년의 남자가 내게 가지 말라며 손을 뻗었다. 두 걸음 더 멀어졌다. 원장과 비슷한 나이대의 남자였다. 친구일지도 몰라.

"너 아는 사람이야?"

여자애에게 묻자 고개를 저었다.

"누구 회장님 말씀하시는 거예요?"

"천 회장님요. 윤 비서가 여기 있으면 만날 거라고 안 하던가요?"

윤 비서가 말하던 '준비'가 이 사람이었나 보다. 바닥을 짚고 일어난 남자가 내게 꾸벅 인사를 하며 명함을 건넸다.

"천 회장님 전속 변호사 이광춘입니다. 가시죠."

그가 형광등 불빛 아래로 우리를 안내했다.

11 안녕, 안녕히

오랜만이에요. 여러분. 어머, 도란마을에 무슨 일이 있었나요? 입구에 폴리스라인이 쳐 있네요. 꿀벌 무늬의 테이프가 덕지덕지 붙어 늘어져 있고요.

그래요, 모르는 척해서 미안해요. 사실은 나도 다 알고 있어요. 그동안 도란마을에 무슨 일이 일어났는지를요.

벌써 가을이에요.

나무는 어느새 단풍이 들었고, 새가 없는 빈 둥지에는 몇 안 남은 흰 털들만이 바람에 날려 굴러다니네요.

마을이 스산해요. 맑고 깨끗하게 관리되던 수영장엔 낙엽만 둥둥 떠다니고, 연못에 모여 놀던 오리들도 어디론가 날아가 버렸나 봐요. 연못에선 썩은 물비린내만 나네요. 유리창도 먼지가 보얗게 앉아 있고, 식당에도, 방에도, 강당에도, 아무도 없어요. 노랗게 말라비틀어진 잔디 위에 까치가 앉아서 고개를 갸웃대다가 떠나네요.

아, 저기 마을을 찾아온 아저씨들이 있네요. 아저씨 두명이 폴리스라인 밖에서 안을 들여다보며 담배를 피우고 있어요.

"여기가 거긴가? 그 한참 뉴스에 나와서 떠들썩했던 마을."

가을 햇살에 눈이 따가운지 선글라스를 낀 아저씨가 눈살을 찌푸리며 말하네요.

"마을은 무슨 마을. 양로원이지. 돈 많은 놈들만 끌어모으다가 치매 걸린 노인들 위하는 척 하더니 완전 범죄 소굴이었잖아."

"그건 그래. 누가 여기서 마약 팔고, 부자들 비자금 숨기는 데라고 하겠어. 기껏해야 그냥 잘 만든 호텔이라고 생각하지."

"이야, 아주 그거 방법이 기가 막히데. 비둘기 이용해서 마약을 팔아. 세상에 별 놈들이 다 있다니까."

"나도 그거보고 깜짝 놀랐어. 약쟁이들은 어쩔 수 없나 봐. 별짓을 다 해요. 진짜. 비자금 숨기는 건 또 어떻고? 세금조사 안 당하려고 여기 노인들 통해서 패물이며 현금이며 여기 다 모아 뒀다잖아."

아저씨들이 뭐가 그렇게 우스운지 자기들끼리 한참을 웃어젖혀요.

"저쯤이었나? 그 국회의원 비자금 모아두던 데가? 우리도 뭐 흘린 거 없나 주우러 가 볼까?"

한 아저씨가 카페 쪽을 가리키며 말해요. 옆에 있던 아저씨가 말리네요.

"이 상가 지하실에 쌓아둔 거 얘기하는 거지? 아서라, 아서. 있었으면 경찰들이 벌써 주워 갔지. 남아 있겠냐."

"하여간 돈 있는 놈들은 별 짓을 다 해요. 여기서 애기도 죽었다며?"

"그래, 미숙아 비닐봉지에 버렸다고 들썩들썩 했잖아. 게다가 경찰에 신고도 됐는데 경찰서장이 관련되어 있어서 사건 진행도 안 됐었다며."

"그 애기 엄마가 여기 원장 딸이었대."

"어이쿠야. 진짜 상상초월이로구만."

"그 딸이 여기서 증거 싹 모아서 자수한 거 아니야."

"딸이 아버지 뒤통수를 제대로 후려쳤네그려."

"그 집 이번에 풍비박산났어. 심지어 원장이 주식하다 날려서 완전 거지꼴 다 됐다던데."

"크하핫, 대박일세."

아저씨들이 가래 낀 목소리로 킬킬대요. 재미있는 일이 많은가 봐요.

다른 사람들은 다들 어디로 간 걸까요? 자리를 옮겨 볼까요. 아, 저기 기차역 안에 꼬마랑 이수 씨가 보여요. 어디

여행 가나 봐요. 꼬마가 자기 몸집만 한 캐리어를 꼭 붙들고 대합실의 대형 티비를 보고 있네요. 무슨 재미있는 애니메이션이라도 하나 봐요. 아, 그게 아니라 뉴스군요. 꼬마는 역시 만화보단 뉴스를 재미있어 하는 아이죠.

'치매 노인 마을 영아 유기 사건 진범 자수'라는 헤드라인이 떠 있어요. 오, 저런. 무섭기도 해라. 대합실 벤치에 앉은 사람들이 고개 숙이고 검은색 후드를 쓴 뉴스 속 소녀를 보고 손가락질을 하네요. 세상 말세야, 어린 것들이……. 사람들이 한마디씩 떠들고, 꼬마와 이수 씨는 당신들이 뭘 아냐 싶은 얼굴이지만 입을 다물어요. 이어서 연예인들의 마약 스캔들, 재벌들의 횡령 비리 사건들이 잇달아 나오네요. 마치 파도에 쓸려가듯이 사람들은 앞의 뉴스를 잊어버리고 앞에 새롭게 놓인 고기들을 물고 뜯어요. 뉴스 화면 아래에 조그만 헤드라인으로 '서울역 동전 투척 사건, 시민들 환호'라는 자막도 보여요.

아니, 저게 누구예요? 정훈 씨 아닌가요? 저기 사람들 사이에서 은색 동전을 한 움큼 쥐고 멍하니 카메라를 보고 있는 사람요. 아이 참. 벌써 지나가 버렸잖아요. 분명 도란 마을에서 요양사 인턴을 하다 내쫓긴 정훈 씨였어요. 결국 그가 할머니 말을 제대로 들었군요. 아마 할머니의 그 말이

진심인 줄은 본인도 몰랐을 거예요. 긴가민가하다가도 생각을 실행에 옮기면 뜻하지 않은 행운이 찾아오기도 하는 법이죠.

방금 티비에 아는 얼굴이 나왔는데도 이수 씨는 모른 채 핸드폰만 정신없이 들여다보고 있어요. 꼬마도 티비에 정훈 씨가 나온 걸 알려 주려고 이수 씨를 돌아보았지만 엄마가 딴 데 정신을 팔고 있는 통에 타이밍을 놓쳐 버렸네요.

이수 씨는 대체 뭘 그렇게 정신없이 보고 있는 걸까요? 아, 은행 앱을 켰군요. 은행 잔고란 언제 봐도 또 보고 싶은 것이긴 하죠. 이수 씨가 최근 이체 내역을 보고 있어요. 파란색 글씨로 꽤 거금이 들어와 있네요. 가만, 입금자가 누구죠? 꼬마의 친아버지네요!

이수 씨가 얼마 전에 있었던 일을 떠올려요. 웬 검은 옷을 입은 덩치 큰 남자들이 윤 비서와 함께 찾아왔었죠. 윤 비서의 목소리가 아니었다면 이수 씨는 문을 열어 주지 않았을 거예요. 어리둥절해하는 이수 씨에게 '이것도 회장님 유언의 일부'라며 윤 비서가 이수 씨를 태우고 어디론가 데려갔어요. 꼬마는 마침 외할머니네 가 있었죠.

어떻게 불러냈는지 이수 씨가 만나 달라고 할 땐 미꾸라지처럼 빠져나가던 남자를 붙잡아온 그들이 이수 씨 앞에서 몸의 대화를 시작했어요. 효과가 확실히 좋더군요. 이수 씨를 때릴 땐 그렇게 거침없던 인간이 본인은 몇 대 맞지도 않아놓고 죽는다며 돼지처럼 꽥꽥 소리를 질러대기 시작하 대요. 모르는 사람이 들으면 그곳이 폐공장이 아니라 도축 장인 줄 알았을 거예요.

역시 옛말에 '눈에는 눈, 이에는 이'라고 했던가요? 본인 이 했던 짓으로 겁을 좀 주니까 말을 엄청 잘 들어요. 아무 리 이수 씨가 애원해도 주지 않던 밀린 양육비가 1원도 빠 짐없이 들어왔네요.

뉴스를 보던 꼬마가 아직 핸드폰에 정신이 팔린 엄마를 확인하고는 가방에서 포장된 식빵을 꺼내요. 꼬마가 좋아 하는 옥수수 식빵이죠. 지난번 통화 때 소녀가 소년원에서 빵을 만든다는 얘길 들었어요. 한결 편안해진 목소리에서 포근포근한 빵 냄새가 풍겨 나오는 것 같았어요. 옥수수 식 빵을 결대로 찢어 입에 넣으면서 그 빵도 이 빵만큼이나 맛 있을 것 같다고 꼬마는 생각해요.

곧 열차가 출발한다는 안내방송이 흘러나오네요. 스마트 폰에서 눈을 뗀 이수 씨가 꼬마의 어깨를 두드려요. 기차 시간이 다 됐는가 봐요. 고개를 끄덕인 꼬마가 빵 봉지를 손에 쥐고 엄마와 함께 플랫폼으로 이동해요. 아무도 뒤돌아보지 않네요. 다들 이렇게 떠나는가 봐요. 섭섭한걸요.

윤 비서. 그래, 우리의 윤 비서는 지금 뭘 하고 있을까요? 어느 강변 벤치에 앉은 윤 비서의 뒷모습이 보이네요. 변함없이 검은색 정장에 검은 선글라스 차림이에요. 양손을 뒤로 짚고 강물 흘러가는 모습을 바라보는 윤 비서의 뒷모습이 예전보다 좀 더 편안해 보인다면 착각일까요? 하얀 백사장 너머로 투명한 연둣빛 강물이 흘러가요. 얼마 전에 화장한 할머니의 유골도 이 강물에 실려 어딘가로 흘러갔겠죠. 윤 비서 옆에 놓인 레모네이드 컵 안에서 얼음이 녹아 달그락 소리를 내네요. 벤치 뒤의 소나무 숲에서 시원한 바람이 불어와요.

도란마을은 없어졌지만 우리 모두 어디선가 다시 만날 수 있을지도 모르죠.

그때까지 모두들 안녕. 안녕히.

〈끝〉

레모네이드 할머니

1판 1쇄 펴냄 2021년 4월 29일
1판 2쇄 펴냄 2022년 3월 15일

지은이 | 현이랑
발행인 | 박근섭
편집인 | 김준혁
펴낸곳 | 황금가지

출판등록 | 2009. 10. 8 (제2009-000273호)
주소 | 06027 서울 강남구 도산대로 1길 62 강남출판문화센터 5층
전화 | **영업부** 515-2000 **편집부** 3446-8774 **팩시밀리** 515-2007
홈페이지 | www.goldenbough.co.kr

도서 파본 등의 이유로 반송이 필요할 경우에는 구매처에서 교환하시고
출판사 교환이 필요할 경우에는 아래 주소로 반송 사유를 적어 도서와 함께 보내주세요.
06027 서울 강남구 도산대로 1길 62 강남출판문화센터 6층 민음인 마케팅부

㈜민음인은 민음사 출판 그룹의 자회사입니다.
황금가지는 ㈜민음인의 픽션 전문 출간 브랜드입니다.